諸神的差使

9

淺葉なつ

主要登場人物

萩原良彥——本作的主角，二十五歲的打工族。被任命為替神明辦理差事的「差使」，趁著清潔公司打工的閒暇之餘在日本全國各地奔波。工作態度獲得肯定，可望晉升正職……

黃金——掌管方位吉凶的方位神，外表是隻狐狸，在情非得已的狀況之下成了良彥的監督者。酷愛甜食，認為良彥收到的甜食全該奉獻給自己。

藤波孝太郎——良彥的老朋友，大主神社的權禰宜。長得一表人才，總是笑臉迎人，但內心其實是個超級現實主義者。

吉田穗乃香——大主神社宮司的女兒，今年春天上大學的大一新生。擁有「天眼」，能看見神、精靈及靈魂等等。過去不知道如何處置自己的能力，現在則是努力運用這股能力協助良彥。

序

人間歷經了幾度盛衰。

神明賦予掌舵大任的人類，時而引發天崩地裂，時而帶來禍延子孫的異變，時而成為自己打造的兵器底下的犧牲品，除了極少數的倖存者以外傷亡殆盡，文明滅絕；每當這種時候，大地便會再造新生。

在第六度的「大改建」之後，尊神略顯疲態地喚來了眷屬龍。聰慧的龍是對主人唯命是從的忠實部下。

「為了避免歷史重演，這回我打算將凡人託付給具備慈愛母性的女神，不再親力親為。不過，為求周延，我要派祢下凡，守護吾身大地。」

擁有黑色與金色鱗片的眷屬龍遵從主命，一分為二，化為黑龍與金龍。為了達成主人的交代，首度各擁自我的雙龍分別成了日本東西方的守護神。

經過了漫長的歲月，日本的人口增加了許多；他們開始與大陸交流，文明日益繁榮。大日孁女神不負所託，以祂的光芒孕育了黎民百姓。

這回應該能打造出主人期許的國度吧！

神人共存，充滿了祈禱與感謝的美麗國度。

靜觀人類的雙龍滿懷期待。對祂們而言，為主人效力是最大的喜悅。

然而，不知是不是因為長居凡間，過於接近人類的生活之故，黑龍心中的疑惑與日俱增。這樣的疑惑或許在尚未一分為二時便已存在，而化為雙龍之後，變得越發明確了。

——人類究竟為何物？

黑龍一直在思考這個問題。祂原想與一同下凡的西方金龍討論，後來又決定再獨自思索一陣子。金龍素來一板一眼，端正自持，鐵面無私，對待自己和他人一樣嚴格，鐵定會說有空思考這種事，不如把心力放在任務之上。所幸時間多的是，黑龍便繼續坐鎮於東方大地，慢慢思量。

即使經歷六度失敗，國之常立神依然沒有將人類驅離這片大地。這是國之常立神的意志，同時也是寰宇的意志。根源神為何創造人類？從太初便已存在的神明有何想法，身為一介眷屬的黑龍自然無從知曉；不過，據說人類是仿造根源神的模樣創造出來的，既然如此，只要仔細觀察人類，或許終有一天能夠明白其中的意義。

黑龍在東方大地紮根之後，人類使用許多名字來稱呼祂；有時是山神，有時是豐收之神，有時是邊境之神。隨著文明發達，人類也將祂和民間信仰連結，有時則是與其他神明混同；只要人類心懷虔敬，黑龍都是隨他們去。實際上，人類感謝山海的恩賜，視大樹與巨岩為神明，崇拜太陽，日復一日。他們與大陸交易，發展出獨自的文化；後來，西方興建都城以後，東西方的差異日益顯著。人類為了追求更加肥沃的土地與資源而互相爭戰，排除異己，部分當權者以蔑稱稱呼反抗者，種種行徑著實令黑龍難以理解。即使覺得愚昧不堪，黑龍依然漠不關心；正確地說，對於人類之間的互相殘殺，祂必須漠不關心。因為黑龍並非人類的守護者，而是大地的守護者。

呵護人類不是黑龍的工作。
原本該是如此的。

一尊　雙龍

一

某處傳來嬰兒的哭聲。

已經持續好一陣子的哭聲讓黑龍的意識緩緩地浮上表面。東北大地的一角，茂密森林覆蓋的山地即是黑龍的住處。附近有幾個人類的聚落，這些人類將黑龍視為自己的祖靈與山神，奉祀於巨岩之上，並稱呼祂為「荒脛巾神」。

將意識移向外界的黑龍發現一個小嬰兒趴在矮草叢生的斜坡上哇哇大哭，臉上滿是傷痕。旁邊即是沿著斷崖延伸的小路，上山採野菜的人類常走這條路，但受到昨天之前的連日大雨影響，外凸的岩石坍方崩落，堵住了道路。剛才部分鱗片一陣發麻，原來就是因為落石之故？黑龍這才聯想到原因。

「——那是你娘嗎？」

明知嬰兒聽不見，黑龍依然如此詢問。巨大的落石底下露出已無生氣的白皙指尖，旁邊有條用貴重的貝殼串成的手環，已經斷裂了。嬰兒就躺在那隻手前方的斜坡上，想必是母親在察覺危險的瞬間推開了自己的孩子吧！嬰兒正值學步的年紀，雖然身上到處都是樹枝與草葉劃傷的傷口，但瞧他還能哇哇大哭，似乎安然無恙。只要繼續等待，應該就會有村民擔心遲遲未歸的母子，前來搜索吧！

「……哦，你是馬火衣的兒子？」

本欲離去的黑龍突然察覺此事，再度將意識轉向嬰兒。馬火衣是住在距離這裡最近的村落裡的年輕人，他是村長的兒子，近來箭術進步神速。他們從山麓的生苔巨石感受到神靈之氣，將巨岩視為荒脛巾神的依代，日日虔誠參拜。黑龍想起妻子懷孕之時及順利生產之後，馬火衣都曾到巨岩之前報告。

馬火衣的兒子瞪著壓扁母親的巨岩，扯開啞了的嗓子，大聲呼喚母親。他的這副模樣讓黑龍感受到某種執念，不禁興味盎然。即使察覺自己的死厄，依然試圖保全孩子的母親，與尋覓母親，聲聲呼喚的兒子。親子之間的連結竟是如此牢固嗎？黑龍對於母親的強烈情感格外感興趣。這就是所謂的母性嗎？

黑龍將部分意識分割出來，仿照與馬火依一同前來的妻子樣貌，小心翼翼地塑造形體。人類的細長手腳、軀體、腦袋，以及他們身上穿的白色大圓花樣的服裝。化成這副模樣的黑龍踩著土地，悄悄地走近哭喊不休的嬰兒。祂一面尋思這種時候做母親的會說什麼話，一面回想記憶中的妻子聲音，戰戰兢兢地張口說道：

「……孩子。」

聲音比想像中的更細，但嬰兒的哭聲卻戛然而止了。黑龍緩緩地靠近，探出頭來，只見嬰兒拚命地轉過滿是涕淚與泥土的臉蛋，睜開了玻璃珠般的大眼。

接著，他露出如花朵般燦爛的笑容。

此時，黑龍感受到前所未有的震撼。

彷彿心底深處有塊從未意識過的柔軟部分慢慢地變暖。

「孩子……」

黑龍再度呼喚，伸出手來；嬰兒用小手牢牢地抓住祂的手指，力道大得完全不似那小小的身軀所能擁有。

根源神為何創造人類？

主人為何對人類不離不棄？

母性為何物？如何孕育人類？

長年的疑惑在黑龍的心中打轉，促使祂採取了某個行動。

——我想試著撫養這個孩子。

若說這麼做只是一時興起，或許真是如此。不過，以母親之姿撫養這個嬰兒，應該能夠了解什麼。話說回來，黑龍完全不知道如何養育嬰兒，將嬰兒與父親、村落拆散，並非明智之舉；那麼，該怎麼辦？就在祂暗自尋思之際，幾道上山的腳步聲傳來，祂立即循聲望去。或許是村民聽見了落石聲，上山查看。

「……放心吧！我自有安排。」

黑龍對巨岩底下露出的白皙手指如此說道，並移動旁邊的岩石，加以掩藏。這塊岩石絕非人力所能搬動，這麼一來，便可完全隱瞞母親之死。接著，黑龍撿起貝殼手環，迅速地用嘴巴與右手繫上。這下子就能冒充母親了。

黑龍拉起嬰兒的身子，拍落泥土，將他抱了起來；祂的動作雖然生硬，但嬰兒並未掙扎，乖乖地依偎著祂。

「音羽！音羽，妳沒事吧？」

不久後，馬火衣與村民一同趕來；見母子平安無事，他露出如釋重負的表情。原來妻子是叫這個名字啊！直到這時候，黑龍才想起來。白皙的手指閃過腦海。

「嗯……我沒事……當家的。」

身為沒有性別之分的神明，結婚生子是黑龍完全無法理解之事，但祂還是擠出這句話，把懷中的嬰兒抱給馬火衣看。馬火衣鬆了口氣，接過兒子。

「有點擦傷……不過還很有精神。」

嬰兒在父親的懷抱之中開心地笑了。

這之後，黑龍便以音羽的面貌加入了村民的圈子裡。

⛩

黑龍沒有朋友或家人的概念。

在祂身旁的只有主人，而主人是聽命的對象。然而，打從奉主人之命一分為二的那一刻起，祂有了兄弟。黑龍和守護西方的金龍時常交換意識，報告近況；對於向來沉著處事、貫徹國之常立神的眷屬神應有風範的金龍，黑龍抱持著尊敬、敬畏與嫉妒交雜的感情，這種感情或許可以代換成自卑感。

「東方的兄弟，祢說要撫養嬰兒，可是認真的？」

那天報告近況時，黑龍說出自己化身為人住進村落之事；聞言，西方的兄弟露出出乎預料的驚慌之色。

「主公交代我們守護東西方，豈可怠慢！」

「我知道，這和那是兩碼子事。」

「我們絕不可偏袒人類！」

「沒錯，所以這是實驗。」

「實驗？」

「我想了解養育人類的母性。」

黑龍意氣風發地說道。西方的兄弟時時監視著人類，一旦有人心懷不敬，便會毫不留情地施予天譴。黑龍知道祂是優秀的眷屬，最近才剛聽過精靈描述祂的活躍事蹟；或許正因為如此，黑龍有種不甘落後的較勁心態。

「打消念頭吧！我們不必了解這種事。」

西方的兄弟有些焦急地制止黑龍。

「祢憑什麼如此篤定？」

「因為那不是主公交代我們的任務。」

「不是任務，就不能了解嗎？」

原本同為一體，意見竟能齟齬至此，讓黑龍感嘆不已。祂重新體認到「兄弟分家，互不相干」的道理。西方的兄弟堅決反對黑龍想做的事，但越是被制止，黑龍就越想說服對方；這樣的想法在不知不覺間發展成反抗心。

村落的生活對於黑龍而言相當新鮮。大家分享男人捕獲的獵物和女人栽種的作物，燒飯煮菜，照顧馬匹，晚上則是睡在家族同居的房子裡。即使父母不同，小孩依然情同手足，偶爾會吵架挨揍，一起成長。黑龍剛來的時候，連生火和哄嬰兒的方法都不懂；祂聲稱自己被落石打到了頭，馬火衣不疑有他。在周圍的幫助之下，黑龍學會了生活所需的手藝活，也學會餵養嬰兒的方法。村落的生活讓黑龍初次意識到過去的自己有多麼孤獨。

馬火衣和音羽的兒子名叫阿弖良。

他是個食量倍於常人的大胃王，也因此格外活潑好動。黑龍剛開始撫養他的時候，他走路還是跌跌撞撞的，但是不出幾個月，就能夠追著年長的小孩大步奔跑了。他時常一轉眼就跑得不見人影，害得黑龍得到處找他。雖然成長了一些，小孩的身體依然柔弱，皮膚又薄又軟，動不動就發燒或擦傷。黑龍一方面訝異人類的身體居然如此脆弱，同時也警惕自己必須多加留意才行；要留意的不是受傷，而是空手拿起灶火上的鍋子或握住刀尖之類的行為。對於黑龍而言，這些行為與拿起石頭或樹枝無異。

「娘七，娘七！」

某一天，說話還口齒不清的阿弖良摘了一朵花回家。那朵花有五片淡青色的橢圓形花瓣，越接近中央的黃色花蕊，顏色就越濃，大小正好和嬰兒的拳頭差不多。

「哎呀，好漂亮的花。」黑龍模仿人類的口吻說道。

「這個，給妳。很近，給妳。」

「很近？」

阿弖良拉著如此反問的黑龍，帶祂前往村落附近的河邊。年長的小孩正在河裡玩水，河岸上有個奉祀荒脛巾神的塚。村民通常是在山麓的巨石前祈求豐收繁榮或感謝山林的恩賜，而日常祈禱或出外打獵時，則是以這個塚代替；換句話說，就像是分行辦事處。人頭大的平坦石頭互相依偎，中間形成的三角形空隙前方便是供品擺放處。阿弖良摘來的那種花就在周圍叢生。

「哦，是開在這裡的啊！」

黑龍蹲了下來，輕輕觸摸小花。有些冰冷的豐潤花瓣像是羞於被黑龍觸摸似地隨風搖曳。

「音羽阿姨，那是荒脛巾神的花，妳不記得了嗎？」

一個小孩看見了，爬上岸來，走向他們。音羽遇上落石事故，喪失了部分記憶之事全村皆知。

「荒脛巾神的花？」

「對啊，也是我們祖先的靈魂。傳說對這種花立下的誓言一定會實現。其他地方也開了很多。」

這種傳說是幾時出現的？黑龍瞪大眼睛，再次望向花朵。一想到這朵花在不知不覺間被賦予了如此重責大任，祂不禁湧上些許笑意。

「啊，音羽阿姨笑了。」

某個圍過來的少年說道，黑龍猛然回過神來。

「妳好久沒笑了，我爹娘都很擔心呢！」

「是、是嗎？」

黑龍困惑地把手放到臉上。其實祂至今仍不擅長做表情，祂還以為自己掩飾得很好。

「太好了，阿弖良，你娘笑了。」

聞言，阿弖良露出得意洋洋的笑容。見狀，黑龍望向剛才阿弖良送給自己的花朵。祂知道阿弖良對這朵花立的是什麼誓了。

「笑咪咪！娘七，笑咪咪！」

說著，阿弖良在附近跑來跑去。小心跌倒！如此忠告他的少年隨後追上，不知不覺間變成你追我跑。其他少年見狀，也加入助陣。

泥土和青草的氣味。

反射於水面的恩賜之光。

孩子們的笑聲乘著精靈之風飛上空中。

母親不笑，阿弖良做何感想，老實說，黑龍並不明白；不過，當天晚上，看著兒子被火堆照亮的睡臉，黑龍的臉上流露出些許慈母之色。

⛩

那一天，黑龍正在和其他女人一起準備儲糧，以迎接在村落度過的第幾度冬天。風乾魚、肉，加鹽醃漬，將可以久放的樹果按照種類分別放進甕裡保存。這一帶一到冬天就變得極為寒冷，而且會積雪，村民總是為了確保糧食而苦惱，因此通常從秋天就開始儲糧。而要確保的不只人類的糧食，還有馬的糧食。鄰村有養馬，有時會提供許多情報。

「欸，音羽，妳有沒有看見我家呂古麻？」

到了傍晚，工作告一段落，家家戶戶開始各自準備晚飯之際，香矢登門拜訪；她有個比阿弖良大上兩歲的兒子。

「沒看見。我還以為他們在一起玩……」

黑龍在原地環顧村落。就祂所見的範圍，並未看見阿弖良和呂古麻。阿弖良是獨生子，呂古麻向來把他當親生弟弟一般疼愛。這麼一提，好像從中午就沒看見他們了。

「會不會是去河邊玩了？」

「我也這麼想，剛才去看過了，不在河邊。」

「還是去鄰村看馬了？」

「好像也不在那裡。」

香矢帶著呂古麻的弟弟和妹妹一起來訪。除了他們以外，她還有一個比呂古麻年長的兒子。弟妹們並沒把哥哥不在的事放在心上，興味盎然地窺探附近的甕。

「今天伊地萬呂伯父要給他看新弓，他一直很期待……」

個性大而化之的香矢把手放在臉頰上，一臉擔心地嘆了口氣。確實，平時無論去哪裡玩，到了太陽如此西斜的時候，他應該已經回到村子裡來了。

「我們去找找看吧！」

大概是玩得忘了時間吧！黑龍如此暗想，和香矢一起去可能的地點找人。然而，他們最愛去的水邊和森林裡的練武場都不見人影，其他孩子也都說沒看見他們倆。為了慎重起見，呂古麻的哥哥又到兩人可能會去的地方尋了一遍，依舊沒找到人。

「到底跑到哪裡去了……」

香矢越來越擔心，一臉不安地仰望昏暗的天空。見狀，黑龍不禁動起呼叫精靈打探兩人下落的念頭，後來轉念一想，還是作罷了。一般人類走失了孩子，絕無法輕易地獲知下落；既然如此，自己也該比照辦理，否則就無法了解人類了。

黑龍靜靜地握緊拳頭，和香矢一起回到村落，並將兩人未歸之事告知以馬火衣為首的男人們。

「別擔心，肚子餓了就會回來了。」

馬火衣說道，並和香矢的丈夫討論召集人手再找找看，以策安全。就在他們研議該去哪一帶尋找之際，一個少年被父親連拖帶拉地來訪了。

「馬火衣，抱歉，我這個蠢兒子隱瞞了要緊事。」

比阿弖良年長三歲的少年似乎挨了父親的揍，一邊的臉頰紅通通的。只見他淚眼汪汪地說道：

「昨天，我聽到阿弖良和呂古麻說……要去森林打獵……」

「打獵？」

馬火衣橫眉豎目。在這個村子，成年禮結束之前是不准打獵的；森林裡有不易攀爬的陡急斜坡，也有帶有毒性的蟲子與蛇，小孩無法應付的情況太多，是如此規定的理由。小孩只許與大人同行，絕不許單獨入山，以免他們成為被稱為山神的熊或山豬的犧牲品。

聞言，香矢的丈夫猛地醒悟過來，跑回家中，隨即又帶著哥哥回來了。

「馬火衣，伊地萬呂的弓不見了，或許是他們拿走了。」

現場一陣緊張。像阿弖良這種年紀的孩子，嚮往打獵是常有的事。看著平時一起玩耍的年長孩子一個個地迎接成年禮，成為打獵的戰力之一，自然會想快點加入他們。尤其呂古麻有哥哥，冒險心又比常人強上一倍，平時總是把「好希望成年禮快點到」掛在嘴邊。為了慎重起見，馬火衣也查看放在家裡的武器，發現平時打獵佩帶的刀子不見了。

「馬火衣，去找他們。太陽快下山了，夜晚的山林是神明的，快把他們帶回來。」

馬火衣的父親，同時也是村長的阿字加如此交代，馬火衣立刻召集幫手，兵分四隊。

「我這就出發。別擔心，我一定會帶他們回來。」

馬火衣對黑龍說道，和男人們一起出外搜索。即使是成年男子，要在夜晚的森林中行走也不容易。黑龍拚命地克制自己下意識進行探測的衝動。過去視若無物的夜間山林如今看來顯得陰森詭譎。不久前，祂對於山上的一草一木都瞭若指掌，如今化為「人類」，感覺起來竟變得如此龐大，而進入山裡的丈夫等人又是如此渺小。

「是嗎？原來人類是這種心境啊……」

黑龍喃喃說道，抓住自己的胸口。一種未曾有過的不快感竄過心頭。啊，這就是「不安」嗎？黑龍冷靜地想，同時又想到阿弖良再也回不來的可能性，抿起了嘴唇。無論經過多少年都無法忘懷岩石底下的白皙指尖。人類很容易死，光是流血，光是發燒，就會輕易地喪命。如同阿字加所言，夜晚的山林是神明的，這點黑龍再清楚不過了。住在山上的神明並非盡是慈悲為懷。

不過，若是黑龍出面的話。

身為國之常立神正統眷屬的黑龍可以阻止山上的眾神。

不只眾神，住在山上的所有生物在黑龍面前都得伏地叩首。

應該可以找到兩人，讓他們平安無事地回到村落。

黑龍靜靜地握緊拳頭。該怎麼做才好？祂自己也不太明白。祂一方面覺得違反戒律擅自上山的小孩是自作自受，一方面又想救他們；可是，祂認為自己不該在此時使用力量。人命就如同隨著季節飄落的樹葉，這個道裡祂應該很清楚。

「好了，我們也出發吧！」

阿字加對呆坐在地的黑龍和香矢說道。黑龍還來不及詢問去哪裡，留在村裡的大人與小孩便一起拿著火把，邁開腳步了。香矢悄悄地握住了黑龍的左手，貝殼手環琳瑯作響。沒事的，一定沒事的——香矢說道，聲音微微地發抖。她這麼害怕，居然還試著鼓勵我？黑龍暗自驚訝。

黑龍等人跟著帶頭的阿字加來到山麓的齋場。這裡也長滿了淡青色的花朵，青苔滋生的兩塊巨岩隱約浮現於幽暗之中。右側的是略微歪曲的長方形岩石，斜斜地刺入地面，另一頭的角猶如高山一般朝天矗立；左側的薄板狀岩石靠在右側的岩石上，形成一個勉強可容納一人通過的縫隙，形狀與村落裡的塚石頗為相似。不，那個塚八成是模仿這塊巨石建造而成的吧！黑龍曾經附在這塊岩石上好幾次，卻直到這時候才察覺這一點。

「山神啊！荒脛巾神啊！請保佑我們的孩子平安歸來。」

阿字加在巨石前伏地叩首，大家也跟著一齊磕頭，祈禱聲此起彼落。只有黑龍一人並未磕頭，而是筆直地凝視著自己附身的巨石。

人類十分無力。

這種時候只能求神拜佛。

那塊巨石上並沒有能夠拯救他們的神明。

即使如此，他們還是只能祈禱。

他們深知自己的無力。

「山神啊！荒脛巾神啊！請保佑我們的孩子平安歸來。」

阿字加重複這段話。「我們的孩子」五字在黑龍的耳邊縈繞不去。「我們的孩子」。沒錯，村子裡的孩子不是特定某人的孩子，而是大家的孩子，所以大家才一起祈禱。

「對不起……對不起……要是我阻止他們的話……」

說著，少年也抽抽噎噎地和父母一起伏地磕頭。見狀，香矢緩緩地站了起來，走到他的身邊，溫柔地抱住他的肩膀。

「不是衣留馬的錯。」

她的行為令黑龍大為震撼，同時也感到疑惑。為什麼？母親不都是愛護孩子的嗎？危害到孩子的人，不就等於敵人嗎？事實上，若是這名少年加以阻止，現在阿弖良和她的兒子應該已經圍在桌邊吃晚飯了。

「——原來如此。」

黑龍恍然大悟，小聲輕喃。

對於香矢而言，他也是自己的孩子，也是我們的孩子。

身為神明的自己，可有如此廣博、如此深厚的愛？祂一直把人類視為隨著季節飄落的一片樹葉。

黑龍仰望星星開始眨眼的天空。不知何故，祂想起了從前年幼的阿弖良喚祂娘七並送給祂的那朵花。

「回來了！」

就在東升的月亮即將移動到天頂之時，爬上望樓的少年如此高聲通知。黑龍完全沒動婆婆準備的餐點，只是與香矢互相依偎，度過了感覺起來漫長無比的時光；祂感受到一股胸口幾乎快被壓扁的壓迫感，深深地嘆了口氣。到頭來，祂還是沒有使用神明的力量，因此不知道兩人是否安然無恙。就連前去找人的馬火衣平安與否，現在的黑龍都無從知曉。

手持火把的集團終於走進村落，和大家一起在入口迎接的黑龍看見了帶頭的馬火衣。他的腰間插著淡青色的荒脛巾神之花，八成是出發前曾去塚前祈禱，並對花立誓吧！接著，黑龍在馬火衣身邊發現了兩道小人影；胸口的壓迫感倏然消退，連祂自己都感到驚訝。

「呂古麻！」

香矢發出哀號般的叫聲，奔向自己的孩子。

「你沒事吧？有沒有受傷？」

「娘親……」

「居然連伊地萬呂伯父的弓都帶走了！你給大家添了多少麻煩，你知道嗎？」

「對不起……」

周圍的大人發出了溫暖的笑聲。他們異口同聲地說著太好了，也有人慰勞出外搜索的男人們。

「娘親……」

聽到阿弖良的呼喚，被香矢的氣勢所懾的黑龍才回過神來。只見幾步之前，站在父親身邊的兒子露出從未有過的尷尬表情。幸好他看起來並無大礙，只有腳稍微劃傷，滲出了血。他的腰間懸著一把與他毫不相襯的大刀。

「對不起……」

他似乎做好了挨罵的心理準備，八成已經被馬火衣訓過一頓了。

「他們想親手追捕獵物，幫忙準備過冬，大概是覺得這個時期肉越多越好吧！可是後來迷失方向，兩個人都杵在樹底下，不知如何是好。」

馬火衣用大手包住了阿弖良的頭。

「真是胡來。」

他對兒子所說的話帶有一股暖意。接著，馬火衣去慰勞其他協助搜索的男人，離開了原地，只留下母子倆。

面對不發一語的母親，阿弖良尷尬地垂下肩膀，活像等著挨罵的小狗。見了他這副模樣，不知何故，黑龍的臉上自然而然地浮現了笑意。祂不知道竄過全身的感情叫什麼名字，但是感覺起來還不壞。心底的某處就像春風一樣暖和，而祂同時萌生了這樣的念頭。

真拿這孩子沒辦法。

活像生了個不肖子的母親一般。

「阿弖良。」

祂喚道。

呼喚世上唯一的兒子之名。

「歡迎回來。」

話一說完，阿弖良便帶著泫然欲泣的表情奔上前來，抱住母親的脖子。

兒子的體溫，些微的濕氣，汗水與泥土的味道。

直到此時，黑龍才初次體會了愛憐之情。

开

母愛無邊無際。

養兒育女需要的並非一味的溫柔，有時也得狠下心來，疾言厲色地對待自己的孩子。黑龍從香矢等村落裡的母親們身上學會了這件事。讓孩子健健康康地長大成人，獨立生活，結婚生子，保護這片山林，並繼續奉祀居住在這裡的神明。

「根源神為何創造人類？」這個疑惑雖然尚未解開，但黑龍似乎有些明白「母性為何物？如何孕育人類？」了。而一旦明白這一點，也就能理解「主人為何對人類不離不棄」了。或許主人對於人類也懷有母愛般的感情，只是嚴厲的一面較為顯著而已。

「……或許吾主遠比我所想的更加不擅言詞。」

黑龍一面在水邊清洗碗盤，一面喃喃說道，而塚邊的淡青色花朵則像是嬌笑一般地搖曳著。

那一天，和香矢及其他女人一起離開村落上山採野菜的黑龍悄悄地離開其他人，來到阿弖良真正的母親死去的地點。自從落石堵住道路以來，無論人類或野獸都繞道而行，不再經過這裡，因此周圍雜草叢生，甚至長出了小樹，壓扁音羽的大岩石也淹沒於綠意之中。

「這麼晚才來，很抱歉。」

黑龍用戴著貝殼手環的左手觸摸岩石，如此訴說。接著，祂用雙手抱住岩石，輕而易舉地抬了起來。音羽已經化為白骨，僅留下少許衣服及頭髮。黑龍將遺骨全數拾起，裝進事先帶來的布袋之中，連根手指骨頭也沒落下；接著，祂將岩石放回原位，若無其事地與香矢她們會合。

深夜，趁著大家都熟睡了，黑龍悄悄溜出村落，在山麓的齋場深處挖了個洞，將音羽的骨頭埋起來。待在這裡，應該不會寂寞吧！既可以和前來祈禱的大家見面，也可以透過神明附身的巨石聽見大家的祈禱。思及此，黑龍才發現自己的思維變得跟人類一模一樣，不禁面露苦笑。神明是不會執著於人類的肉身的，因為那只是待在人間時暫用的皮囊而已。

「音羽，爾的兒子已經長大了，丈夫也過得很好，村子裡的人都健健康康的。若是爾捨不得他們，可以永遠留在這座山裡，我允許爾的魂魄長居此地。」

冬天近了，傳來冷風的氣味。從村落可望見的山頂一旦開始積雪，要不了一個月，村落也會開始下雪。這是黑龍向婆婆學來的。

「所以，音羽，再把爾的形貌借給我一陣子吧！」

左手上的手環琳瑯作響。

黑龍吐出的氣息在月光下閃耀著白色的光芒。

⛩

過完年以後，香矢夫妻決定將次男呂古麻過繼給姊姊夫婦當養子。其實這件事已經研議了好一段時間，再加上香矢的丈夫生了病，這回終於以援助為代價，談定了這件事。呂古麻自己也常去對方家裡玩，似乎已經做好了心理準備；而兩家之間只有兩天的路程，用不著為了分隔兩地而悲觀。即使如此，對於孩子們而言，這依然是件令人寂寞的事，尤其是把他當哥哥敬重的阿弖良，更是一天比一天鬱鬱寡歡。

終於到了香矢的姊姊夫婦前來迎接呂古麻的日子。離開村子的當天早上，音羽看見呂古麻在塚前虔誠地祈禱。

「起得真早啊！」

音羽與祈禱完後的他對上了視線，便打了聲招呼。自從他和阿弖良一起在山裡走失以來，音羽和他交流的機會變多了。他向來敬重哥哥，愛護弟妹，對阿弖良也照顧有加，是個很可靠的孩子。待他迎接成年禮以後，想必會成為一個強壯的年輕人吧！

呂古麻略微遲疑過後，下定決心，抬起頭來。

「音羽阿姨，有件事我還沒跟妳道過歉。」

正要去汲水的音羽忍不住停下腳步。究竟是什麼事？

「那一天……在山上迷路的那天，提議去打獵的是我。是我拉著覺得為難的阿弖良上山的。我還沒為了這件事道過歉。」

呂古麻握緊身體兩側的拳頭，筆直地凝視著音羽。他的眼神是多麼堅定啊！就像馳騁山林的鹿一樣純粹，也像狼一樣強悍。

「你和阿弖良都受罰了吧？這就夠了。」

音羽露出笑容。之後，他們被罰勞動，彌補自己的過錯。或許有人拿來當笑柄，但是沒有人責備他們。

「不過，有件事我倒是想拜託你……」

音羽突然想起一事，開口說道：

「離開村子以後，你可以繼續和阿弖良當好朋友嗎？」

一臉緊張的呂古麻聽了這句話以後，宛如虛脫似地吐了口氣。

「怎麼，原來是這種小事？」

「對我來說是很重要的事。」

「不用音羽阿姨交代，我也會這麼做的。阿弖良有難，我會立刻趕到他的身邊。和那一夜的山上相比，什麼都不可怕！」

呂古麻元氣十足地說道，露出了笑容。

「再說，我已經跟荒脛巾神老爺拜託過了，祂一定會保佑大家的。音羽阿姨也可以放心了！」

說完，呂古麻便一溜煙地跑回家了。

得知呂古麻居然拜託荒脛巾神（自己）保佑音羽（自己），音羽有些傻眼地目送他離去；一股笑意接著湧上來，祂忍俊不禁，鬆開了嘴角。

不求神明保佑自己，而是求神明保佑留下來的其他人。
對於這名堅強與善良兼備的少年，音羽感受到不同於兒子的愛憐之情。

「呂古麻、阿弖良，這並不是悲傷的別離。呂古麻會成為兩村之間無可替代的橋梁。到了我們必須攜手合作的時候，你們的友情一定會帶給大家幸福的。」
到了出發的前一刻，阿字加讓兩名少年握手，並抵著額頭祈禱。
「荒脛巾神隨時都在保佑我們。」
最後，阿字加摸了摸呂古麻的頭，呂古麻露出泫然欲泣的表情。
「就算離開，也不會有任何改變。這裡是你的故鄉，隨時歡迎你回來。」
呂古麻的哥哥說道，抱住淚水盈眶的弟弟的肩膀。弟妹一起撲向呂古麻，阿弖良和年齡相仿的少年少女們也如法炮製。
「那些孩子從昨天就一直這樣。」
或許是早就做好心理準備，香矢的笑容意外地開朗。
「當然啊！在這裡長大的孩子都是情同手足。」
「雖然很近，難免還是會寂寞嘛！」

女人們異口同聲地說道。她們看得出香矢心中的五味雜陳。香矢這種若無其事的態度或許是擺給前來接人的姊姊夫婦看的。

「呂古麻是個乖孩子，一定能夠處得很好的。」

香矢的小姑對故作堅強的香矢說道。

「是啊！如果想他，去看他就行了。」

「那是妳姊姊家，沒什麼好擔心的。」

香矢一一點頭回應，笑容滿面地道謝，甚至還說把孩子送到姊姊家反倒比較安心。

呂古麻跟著姊姊夫婦平安出發以後，呂古麻的哥哥邀請一臉落寞的阿弖良到家裡過夜，因為他認為這麼做可以排遣阿弖良的寂寞。阿弖良點了點頭，掩飾臉上的淚水與鼻涕。

「妳什麼話都沒說。」

就在音羽望著強顏歡笑的孩子們的背影時，香矢對她喃喃說道。

「雖然妳的話本來就不多。」

說著，香矢面露苦笑；音羽打從心底感到不可思議，歪頭納悶。

「妳為什麼在笑？」

「咦？」

「呂古麻走了，我覺得很寂寞。」

音羽說出自己心中的真實感受。是兒子的知心好友，同時也是「我們的孩子」之一的呂古麻離開這個村落，豈能平心靜氣？

「我、我也很寂寞啊！那孩子可是我生的啊！」

香矢濕了眼眶。

「如果可以，我也想把他留在身邊！可是……可是……」

音羽並沒有責怪香矢之意。香矢的丈夫生了病，行動不便；姊姊懷不上孩子，香矢一直很同情；而姊姊夫婦從以前就很喜歡元氣十足的呂古麻。這是在因緣際會之下成就的緣分。重情重義的她怎麼可能自願送走自己的孩子？

「那妳為什麼沒哭？悲傷的時候不都會哭嗎？」

音羽說道，香矢面露慍色，眨了眨眼，眼淚終於滑落臉頰。

「有時候在大家面前，必須強顏歡笑……」

香矢再也忍耐不住，皺起臉龐，將身子倚向音羽。音羽就像安撫嬰兒一般，抱住她的背。和體溫一起傳來的感情讓音羽分外心酸。

原來也有這樣的別離啊！難以承受的苦澀在胸口蔓延開來。

⛩

隔年，南邊的某個村落又落入西軍之手。正確地說，是在西軍的勸說之下歸順了。西方的大和人接觸依靠狩獵與採集維生的東方居民，是在馬火衣的祖父及曾祖父仍然在世的時代；當時有不少人贊同他們提出的農法與維持治安的方法，離開故鄉，移居西方；也有人獲得西方之王的認可，成為地方首長，統轄周邊的村落。音羽居住的村落傾向於維持現在的生活，並未接受西方的邀約；但隨著時代更迭，村民的意見開始出現分歧。西方的國家豐饒富庶，充滿從未見過的工具和食物，可以過上遠比現在優渥的生活——也有人對這樣的傳聞懷抱著夢想。面對村落的意志開始動搖的狀況，已經完全適應村落生活與人類生態的音羽萌生一股危機感。西方並非盡是善類，其中也有以武力威逼，引發紛爭，傷害東方居民之輩。精靈曾向祂報告，西方居民砍伐歸順村落的森林，夷為農田；當時祂也聽見了失去住處的動物結群遷徙的腳步聲。

「西方的兄弟，能否請祢制止那邊的人，別再讓他們擾亂東方的人民與大地？」

某一天，音羽再也按捺不住，向西方的金龍提出這個要求。

「祢在說什麼？東方的兄弟，我們不能干涉人類。若是有對神明不敬的行為另當別論，人類之間的爭鬥沒有我們插手的餘地。」

西方的兄弟一如平時，毅然而然地拒絕了音羽的要求。

音羽也知道自己不該偏袒東方的人民。人類為了存活而發展文明，絕非該受譴責之事；若不適度容許，人口便無法增加。而對於神明而言，人類不分東西，無論誰侵略誰，都與神明無關。

不能繼續待在這裡——

不知從何時開始，每到夜裡，音羽便會這麼想。這也是出於對主人的忠誠心。祂不只一次地下定決心，要和人類保持距離，以東方守護者的身分靜觀事態的變化；然而，一旦天色變亮，早晨來臨，見了馬火衣、阿弖良與香矢等人，祂便又改變主意，再留一天。一起打造甕與餐具，一起撿樹果，幫忙切肉宰魚、修繕房屋，輪流照料老人，斥責彼此惡作劇的孩子。村裡有小孩病逝的時候，祂痛徹心肺；有嬰兒出生的時候，祂喜不自勝。整個村落對祂而言，就像是一個大家族。

——即使如此，祂依然得選擇分離。

隔年，阿弖良平安迎接了成年禮，馬火衣和音羽替他取了個新名字。按照習俗，原本該由村長阿字加取名，但阿弖良本人表示希望由父母替他取名，而阿字加也同意了。阿弖良從馬火衣手中正式繼承那天偷偷帶走的刀，成為可以打獵也可以作戰的男子漢。當天徹夜宴飲，直到天色將明，大家才醉得不省人事，沉沉睡去。

「馬火衣，我有話要跟你說。」

音羽靜靜地對以夜空為下酒菜離群獨飲的丈夫說道。

那是個有著美麗星空的夏夜。

黑龍要捨棄音羽的身分，只能趁現在。祂有種感覺，若是錯過今天，或許就再也說不出口了。

「怎麼了？音羽。」

馬火衣溫柔地詢問妻子。酒量極佳的他看起來毫無醉態。不久後，他就會取代年邁的阿字加，繼承村長的位子；無意歸順西方的他想必會徹底抗戰吧！再加上他為了改善村民的生活，正要展開養馬的新生意。思及這樣的未來，該在身邊支持他卻打算離去的自己頓時顯得薄情至極。

「馬火衣，我打算離開這裡，回到山裡。」

馬火衣皺起眉頭，詢問妻子是怎麼一回事。

音羽的夜目中映出了暫時的丈夫。祂的喉嚨彷彿被緊緊扼住一般，發不出聲音；然而，祂非說不可。

「我不是你的妻子。」

音羽用細若蚊蚋的聲音告知。

馬火衣不發一語地看著妻子。

音羽摸不清沉默的含意，連珠炮似地繼續說道：

「你的妻子在發生落石的那一天喪命了，我不過是借用她的外貌，混進村子裡來而已。」

即使馬火衣在一時激動之下砍掉祂的頭顱也無妨。反正這副模樣是暫時借來的，被人類斬首，頂多就是恢復原貌而已，反倒省了解釋的工夫。祂甚至覺得被拒絕也好，這樣祂才能毫無眷戀地回到山裡。

然而，在短暫的沉默之後，馬火衣露出了微笑。

「這件事我早就知道了。」

音羽愕然地睜大眼睛。望著祂這副模樣的馬火衣，眼神和積雪的夜晚一樣寧靜。

「自那一天起，音羽明明是音羽，卻不再是音羽了；忘了自己的拿手菜，也不知道該怎麼哄嬰兒。妳說妳失去記憶，我表面上相信了，其實馬上就明白是別人化成了音羽的模樣。還有

──」

馬火衣微微一笑，指著音羽的手環。

「那只手環是我向音羽求婚時送的，是我親手戴在她的右手上的，她從來不曾拿下來過。」

音羽倒抽了一口氣，下意識地撫摸左手的手環。

「那、那你為何直到現在才……」

「我原本盤算，只要妳做出任何可疑的舉動，就要立刻勒死妳。不過，妳只是全心全意地學習生活所需的事物。看到妳一方面費盡心神照料阿弖良，一方面努力與爹娘交流，和村民建立情誼，我實在不忍心把妳趕出去。」

直到此時，黑龍才察覺自己的罪過。

馬火衣沒把自己趕出去，理由不只如此。打從發現眼前的妻子並非妻子的那一刻起，他大概就知道真正的妻子已經不在人世了吧！明知是冒牌貨，他還是一同生活，獨自背負著心愛之人已死的祕密。他怎麼狠得下心趕走「有著愛妻形體的東西」呢？

他無法承受二度失去妻子。

音羽雙腳發抖，膝蓋險些落地。祂居然強加如此無情、如此殘酷的事在馬火衣身上，就因為自己想試著撫養人類。

「馬火衣……馬火衣，我……」

音羽感覺到自己的雙眼流出了熱水。視野扭曲，看不清馬火衣的臉龐。

「音羽，什麼都不必說了。無論妳的真實身分是什麼，妳依然是阿弖良的母親，我的妻子。」

「不，我……終究只是冒牌貨。」

音羽硬生生地壓抑再次動搖的心，說道：

「所以我不能繼續留在這裡！」

如此吶喊的同時，黑龍解除了音羽的形體。

周圍頓時被耀眼的光芒籠罩，颳起一陣狂風。情急之下護住臉部的馬火衣戰戰兢兢地睜開眼睛一看，只見眼前是條比山更加巨大的黑龍。

「莫非祢就是……」

看見黑龍的模樣，馬火衣渾身打顫，當場五體投地。黑龍俯視著他，將意識轉向與朋友同榻而眠的阿弖良。僅僅共度了十餘年的兒子。即使少了母親，有馬火衣在，他一定能夠茁壯成長吧！雖然這麼想，還是捨不得離開他。

就連最後的道別也說不出口。
當初只是一時心血來潮而撿來撫養的嬰兒，竟在不知不覺間成了自己的愛子。
「馬火衣……可以答應我一件事嗎？」
說著，黑龍將貝殼手環輕輕地放到五體投地的馬火衣面前。
「把這個交給那孩子。這是貨真價實的母親遺物。」
馬火衣抬起頭來，用顫抖的手指拿起手環。
「這麼告訴他：『你的母親回到山裡了，只要你還在這裡生活一天，她就與你同在。』」
一陣風吹來。馬火衣緊握手環，站了起來，使盡渾身之力大叫：
「從今而後的千秋萬代，我們都會繼續奉祀祢的，我們的母親——荒脛巾神！」

二

正當京都因為祇園祭而熱鬧哄哄之際，颱風搶在梅雨季結束之前登陸了日本。從四國朝著關西緩緩前進並一路往關東而去的颱風用風雨洗滌了大半日本，造成停電及河川氾濫等巨大災害。所幸祇園祭並沒有受到太大的影響，隔週的前祭山鉾遊行依然按照原定計畫進行。然而，被颱風捲走的雨雲再度湧上天空，這一天從早上就是時雨時歇。良彥在離開打工現場的路上淋到了雨，穿著一身濕答答的作業服，回到事務所。

他從旅行車卸下工具，收進倉庫以後，一如平時那樣喊一聲辛苦了，打開了事務所大門；此時，視野下方有個陌生的物體撲過來，他的視線自然而然地往下垂落。

「咦？為什麼？」

冰冷的事務所地板上有個不搭軋的粉紅色物體。正確地說，是一個穿著粉紅色衣服的幼兒，衣服上頭還繡了一隻可愛的貓咪。

「啊，萩原先生，辛苦了。」

說著，隔板背後探出了一張熟悉的臉孔。

「咦？遠藤？」

一年前在這裡研習，後來調回總公司的遠藤抱起步履蹣跚的女兒，使用獨特的伸出下巴致意法和他打招呼。

「好久不見！你怎麼會跑來這裡？怎麼了？」

見到不該出現在這裡的遠藤，良彥一方面為了意外重逢而喜悅，一方面又不禁歪頭納悶。

故。

「今天休假，剛好來這附近，就過來看看了。」

抱著女兒微笑的遠藤表情看起來比從前柔和許多，或許是因為稍微變胖，多了股圓滑感之故。

「這孩子就是去年在白鳥陵附近看到的那一個嗎？」

「是啊！上週才剛學會走路。」

「好厲害，長這麼大了。」

良彥窺探抓著父親身體的嬰兒臉龐，但嬰兒立刻撇開了臉。

「抱歉，她現在很怕生。」

遠藤面露苦笑，代女兒道歉，良彥笑著表示沒關係。

「不，我身邊沒有這麼小的孩子，不知道該怎麼相處。」

「我懂，我也一樣，女兒還沒出生的時候，我根本不敢碰嬰兒。」

嬰兒再度轉向良彥，宛若玻璃珠般純淨無瑕的雙眼目不轉睛地凝視著他。良彥向她揮手，她的手動了一下，似乎也想揮手回應，但雙眼依然凝視著良彥，彷彿遭遇了什麼未知的事物一般。該不會是我的背後有狐狸吧？良彥回頭查看。平時的狐神最近迷上食品試吃，今天大概又跑到某家餐飲店門口閒晃了。

「重逢是很感人，不過萩原，下週的班表記得早點交啊！」

組長三浦說道，沉浸於感慨之中的良彥這才回過神來。對，我得快點把文書作業做完才行。

「啊，對了，還有一件事要跟你談談。」

「啊？咦？什麼事？」

我做了什麼會被說教的事嗎？良彥不禁緊張起來。既沒遲到，也沒曠工，工作都很認真做，新的清掃工具的使用方法也都學會了，業務上沒有任何混水摸魚之處——應該沒有。

三浦向良彥招手，帶他走向隔板圍成的洽談室，確認四下無人以後，壓低聲音說道：

「老實說，我已經跟所長商量好一陣子了……」

良彥和正職員工三浦認識很久了。他們常常一起聚餐，同為棒球愛好者，也常熱烈討論職棒話題。這樣的人如此鄭重其事，究竟是要談什麼事？該不會是為了節省人事費用，要炒自己魷魚吧？而身為正職員工的遠藤將會接替自己的位子，所以遠藤今天才到事務所來——就在良彥胡思亂想之際，三浦一口說出了目的。

「萩原，你要不要轉正職？」

廿

「哎呀，不愧是差使兄！」

大阪枚方的史跡公園裡，一個體格壯碩的男子如此說道，發出了爽朗的笑聲。

「沒想到會帶我來看盧舍那佛！」

祂身穿深紫色絹袍加窄袴，頭戴黑冠，過世時的最終官位是從三位，身分貴為上級貴族，但是言行舉止卻沒有絲毫的矯揉造作，反而比較像鄰家的豪邁大叔。

「祢滿意就好。」

良彥望著剛才祂蓋下的朱印。「百濟王」墨字上蓋著一如祂的性格的山形大印。這代表的並非山神，而是礦山。若說祂是靠著礦山開採的黃金爬到後來的地位，也不為過。

「饒是百濟國王的後裔，在這個年代也變得如此無力嗎？」

黃金把尾巴纏在自己的腳上，坐在良彥腳邊。

「那已經是很久很久以前的事了。我提供黃金建造盧舍那佛，也是很久很久以前的事。」

自稱百濟王敬福的祂如此說道，面露苦笑。正如黃金所言，從前位於大陸的百濟國王家族在白村江戰敗以後，國破家亡，流亡日本，從此定居下來；到了持統朝，才獲封位階，並受賜

「百濟王」姓。之後，他們成為名留日本史的一族，而身為其中一員的敬福便是坐鎮於奉祀百濟王祖靈的神社之中。從前神社旁邊有座名叫百濟寺的寺院，現在被指定為特別史跡。

「時代一直在流轉啊……」

良彥望著已經沒有建築物的寺院遺址，心有戚戚焉地喃喃說道。

希望再看一次百濟王氏的榮景——聽了敬福的這個心願，良彥左思右想之後，帶祂來看東大寺的盧舍那佛。從前盧舍那佛的全身都鍍上敬福獻上的黃金，現在只剩下台座的一部分是金色的。歷經兩次戰火重建的大佛已經沒有過去敬福所見的金色光輝，這件事讓祂感受到逝去的時光有多麼漫長。只不過，在找出這個答案之前，良彥必須遍讀百濟王氏的資料，天天向圖書館報到，抱頭苦惱。

「我早該想到的……」

敬福回憶從前存在於此地的寺院模樣，眺望天空。昔日隔著屋瓦看到的天空現在應該顯得寬廣許多吧！

「好了，那我該回去了。」

說著，良彥闔上宣之言書，伸了個懶腰。今天一大早就跑去奈良，又連日跑圖書館，累積了不少疲勞，他有自信能在回程的電車上呼呼大睡。反正有狐狸型鬧鐘在，應該沒問題。這種鬧鐘會用腳踹醒他，所以他盡量不想使用就是了。

「什麼話，差使兄！怎麼能讓恩公就這麼回去呢？」

敬福似乎已經理好心緒，回過頭來，慌慌張張地阻止邁開腳步的良彥。

「恩公……我只是在辦差事而已。」

「不不不，就算是差事，讓差使兄就這麼回去，可就愧對百濟王之名了。老實說，這個寺院遺跡的底下有百濟王氏代代相傳的寶藏……」

「咦？是文化財嗎？」

要是考古學家或博物館員聽到，應該會雀躍不已吧！良彥如此詢問，敬福悠哉地笑道：

「或許是吧！」

「在凡人手上，是腐朽的文化財；在神明手上，卻是光彩依舊的寶物。請差使兄帶一、兩件回去吧！」

說著，敬福拍了下手，一眨眼，周圍的景色全變了，良彥等人站在火光煌煌的幽暗空間裡。

「啊？咦？這裡是哪裡？」

「敬福，差使辦理差事，就像太陽從東邊升起一樣天經地義，用不著獎賞他。」

黃金無視於一臉困惑的良彥，豎起耳朵，露出啼笑皆非的表情。祂對待差使還是一樣嚴苛。

「哎呀，哎呀，別這麼說，我從以前就喜歡送禮。這裡有古今中外的兵器、陶器、玻璃、畫軸，一應俱全。」

敬福朝著暗處呼喚：「聰哲。」隔了一會兒，一個矮小的男子小跑步過來，在良彥等人的面前合起絹袍袖口，拱手作揖。

「這是我的曾孫聰哲，現在負責管理這座寶庫，因為這小子本身就是個刀劍收藏家。」

「哦，刀癡啊！」

良彥轉過視線，聰哲說了聲惶恐，禮行得更深了。他們看起來年紀相仿，不過良彥的體格比較好。

「一定會有差使兄中意的物品。聰哲，挑件好東西送給差使兄。」

「遵命。」

聰哲打直腰桿，再次朝著良彥恭恭敬敬地垂下頭，並詢問他的喜好。

「喜好嘛……」

良彥盤起手臂沉吟，用已經適應黑暗的眼睛環顧周圍。四周確實密密麻麻地擺放著沒見過的鎧甲、大大彎曲的劍、看起來很昂貴的紡織物和壺等各式各樣的物品。如果拿去鑑定，說不定會有重要文化財，不，國寶級的東西。良彥擱下和敬福交談的黃金，興味盎然地邁開腳步，四處參觀。

「這個壺看起來挺貴的。」

「那是奈良三彩的小壺，綠釉的色澤十分美麗，原本是獻給朝廷的貢品。」

「那把刀呢？上頭還有很炫的鎖鏈。」

「那是……普通的刀。」

「啊，這是玻璃嗎？好漂亮。」

「這是波斯傳來的玻璃碗，曾祖父在陸奧的時候從大陸買來的。」

「那把大刀呢？」

「只是普通的刀。」

「……」

良彥忍不住轉過視線，而聰哲擺出了一副若無其事的表情。祂明明是個刀癡，為何介紹刀時卻是如此草率？

「……哈哈，我懂了。」

良彥恍然大悟，重新打量聽哲。

「祢不希望刀被拿走吧？」

聽哲身子猛然一震。

良彥壓低音量，以免被敬福聽見。

「哎，也對啦！這是祢的收藏品吧？」

所以才故意使用那種不會引起興趣的介紹方式，雖然結果適得其反。

「收、收集刀劍，是我生前就有的嗜好……」

聽哲一面留意曾祖父，一面輕聲說道：

「曾祖父生性慷慨，是我們一族引以為傲的大人物之一，奈何對錢財毫不執著……只要有人索討，祂有求必應。就算是我的收藏品，也被祂擅自拿去送人……」

「啊，原來如此。」

良彥瞥了敬福一眼。祂是位豪爽的大叔，但是從祂的言行舉止確實可以窺見這種強硬，或該說瞻前不顧後的粗枝大葉之處。

「我抗議過好幾次，可是祂都是左耳進、右耳出，根本不當一回事……」

「辛苦祢了。」

「呃，所以，除了刀以外，什麼都行！」
聽哲說到這裡時，敬福出聲說道：
「差使兄！有沒有找到中意的？」
敬福和黃金一起沿著通道走來。
「那邊那把刀很珍貴，是現今國寶刀的影打（註1）——」
「曾、曾祖父，那是宗近兄割愛給我的寶物！」
「這小子擁有好幾把失傳的寶刀，如果差使兄對這類東西有興趣，這把短刀也不錯，聽說是某位名將的。」
「這、這把刀費了我好大一番工夫才把燒毀的刀身重鑄好的！」
敬福對吝惜寶刀的聽哲投以不悅的視線。
「聽哲，現在可是在找送給差使兄的禮物啊！」
「話、話是這麼說……」

註1：古時候的刀匠打刀通常一次打造數把，其中最好的一把叫真打，其餘叫影打。

「很抱歉，差使兄。這把刀外觀華美，很不錯吧？刀柄鑲了玉，是儀式用的刀。」

良彥朝著敬福所指的方向望去，確實有把鑲了金子、水晶、琉璃等裝飾的直刀安放於白布之上。刀柄部分有個別著小鈴鐺的金箍，一看就知道價值不菲。

「確實很華美。」

「一定能夠成為保護差使兄的守護刀。」

「啊，呃，那是我費盡心血才到手的撤下品（註2）！」

眼看著敬福就要把刀遞給良彥，聰哲一臉急切地訴說。然而，良彥打斷祂，開口說道：

「唔，還是不用了。」

聽良彥說得如此乾脆，敬福以為自己聽錯了，歪頭納悶。

「不用了？」

「嗯，對我來說太貴重了。再說，我家也沒地方放。」

「沒地方放？連放把刀的空位也沒有？」

「這種長條狀物體其實很占空間，如果我收下，大概會比照球棒處理，沒關係嗎？啊，順道一提，現在球棒的固定位置是床底下。」

聞言，敬福一臉錯愕，啞然無語。

「再說，床底下擺了一把這麼華麗的刀，我也不安心。所以不用了，我不需要，祢的好意我心領了。」

聽了這番話，聽哲鬆了口氣。看見祂如此好懂的反應，良彥暗自忍笑。

「的確，這樣的太刀良彥承受不起，唯有神明才相配。」

黃金用鼻子哼了一聲，如此說道。聞言，敬福一愣，仰望天花板，哈哈大笑。

「了不起！不愧是差使兄！看到這麼多寶物卻毫不動心！多麼無欲無求啊！即使隨便賣掉一個，就可以擁有一輩子花用不盡的錢財！」

「咦？一輩子？」

良彥怦然心動，黃金毫不留情地踹了他的腳一下。

「有什麼辦法！差使又沒薪水可領！」

「我說過很多次，這是榮譽職！」

「那至少給點福利吧！」

註2：撤下的供品。

良彥回嘴，想起了前幾天打工時三浦對自己說的話。他還沒告訴黃金自己有機會轉為正職。若是轉為正職，分配在差事上的時間鐵定會比現在減少許多。

「差使兄！」

良彥與敬福道別，離開了境內；前往車站的路上，他突然聽見有人呼喚自己，回頭一看，只見聰哲正朝著他跑過來。追上停步的良彥之後，聰哲滔滔不絕地說道：

「啊，呃！感謝差使兄方才的體貼！沒想到差使兄會代為緩頰，真不知道該如何表達我的感激之情。」

看著上氣不接下氣的聰哲，良彥不禁面露苦笑。任何東西都輕易拿來送人的敬福想必讓祂吃了不少苦頭吧！

「我不是體貼，是真的沒地方放。」

「差使兄府上當真如此窄小嗎？」

「啊，嗯。被祢這麼一說，心情有點複雜……」

祂是神明，問了這種問題可以原諒；如果是人類，大概就要絕交了。

「窄歸窄，住起來還挺舒適的。」

腳邊的黃金插嘴說道。睡覺時占據良彥的床鋪，早上待在日照和煦的客廳，中午是涼爽的和室，晚上則是在廚房晃來晃去，不忘檢查冰箱。對於這樣的祂而言，生活豈止舒適，簡直是完美適應。

「方位神老爺住在差使兄府上嗎？」

聰哲驚訝地問道。

「是啊！當食客。」

「受人畏懼的方位神老爺居然住在凡人家裡……」

「受人畏懼？祢是在說這隻狐狸嗎？這個每天晚上都露出肚子呼呼大睡的毛茸茸生物？」

「良彥……你今晚別想安眠了。」

「黃金，祢才別睡迷糊了就亂咬我的手臂。」

一人一神大眼瞪小眼。見狀，聰哲忍俊不禁，笑了出來。

「什麼話！他尚未辦好我的差事，我只是在監督他而已。」

「兩位感情真好。」

「對對對，只是個白吃白喝的食客而已。」

良彥與黃金再次進入互瞪狀態。個子較高的良彥固然占了上風，不過為防鼻子受到頭槌攻擊，良彥選擇保持距離。

「即使如此，還是令人欣羨。與方位神老爺一同周遊全國各地，辦理差事。我沒什麼出息，只能兢兢業業，恪遵本分，不像位居從三位的曾祖父或武藝高強的父親那樣事蹟輝煌。我從小就膽小，成不了大事。很羨慕為了眾神四處奔走的差使兄。」

聽哲感慨良多地說道，隨即又收拾心緒，抬起臉來。

「所以，呃，差使兄有空的時候，可否跟我說說您的活躍事蹟呢？我好想知道差使兄見過哪些神明，辦過哪些差事！」

見到那雙充滿熱忱的眼睛，良彥不禁打直腰桿。這是小事一樁，只是良彥沒想到聽哲會如此熱切期盼。

「如、如果祢不嫌棄的話，隨時都可以……」

「真的嗎？謝謝！呃，為了答謝差使兄，我也隨時樂意分享關於兵器，尤其是關於刀劍的知識！死後我依然持續鑽研，所以從上古刀到現代刀，我都略知一二！」

「啊，呃，嗯，有機會再說吧……」

良彥打哈哈，制止興致勃勃的聽哲。老實說，良彥對刀劍毫無興趣，就算聽了也是一頭霧水；更何況聽哲說祂死後依然持續鑽研，可見有多麼癡狂，良彥沒自信能夠跟上祂的熱忱。

「你是怎麼變成刀癡的？有什麼理由嗎？」

良彥詢問，聰哲有些得意地笑道：

「我會喜歡刀劍，完全是受到家父的影響。」

「祢爸爸？」

「是，家父是陸奧鎮守將軍，我一直很崇拜祂。如果可以，我也想成為家父那樣的猛將，無奈身材矮小，力氣也不大……」

聰哲凝視自己的雙手。柔軟的掌心想必和握劍的父親截然不同吧！

「每個人都有擅長與不擅長的事，想做的事和該做的事不見得一樣。」

這並不是安慰，而是良彥發自內心的想法。在一把年紀還在當打工族的他看來，光是有份正當工作，就十分耀眼了。

「謝謝。我對於自己的人生並無遺憾，也很中意現在受人奉祀、可以自由自在地欣賞刀劍的生活。再說，其實我還記得自己生前做了一件大好事。」

「大好事？」

「對，詳情我已經想不起來了，只記得那種心滿意足的感覺。這樣的人生沒什麼好後悔的。」

香火減少的神明記憶會漸漸淡去，身為祭神之一的聰哲自然也不例外。不過，本人似乎比良彥所想的更加豁達。比起悲觀度日，這樣的態度對身心來得有益許多。

「對了，差使兄，您要回京都的話，請留心『落單狐狸』。」

聰哲對著再次走向車站的良彥說道。

「落單狐狸？」

「我也是輾轉聽來的，聽說有隻狐狸會竊取食物，或許與稻荷有關……」

「居然有如此恬不知恥的狐狸。」

黃金哼了一聲，如此感嘆。

「欸，我先問一句，那不是黃金吧？」

為了慎重起見，良彥如此詢問。但願祂迷上的只有試吃。

「你覺得我會做出這種蠢事嗎？」

「哎，不無可能，所以問一下嘛！」

「什麼叫『不無可能』！」

「既然祢是清白的就好。」

「良彥！你到底把我當成什麼神！」

「貪吃神。」

「立刻更正你的認知！」

「啊，呃，路上小心！」

聽哲出聲打斷邊走邊互罵的良彥與黃金。

「再見！」

良彥揮了揮手，約好再次見面。

⛩

和兒時玩伴孝太郎聚餐，常去的店通常不出那幾家。同學的父母經營的那間十年如一日的居酒屋，或是上門光顧一次以後便成了常客的BOZU in Bar。這一天，良彥邀請孝太郎前往的是前者的居酒屋。那是家吧檯座十席、桌位僅有四席的小店，味道樸實的家常小菜十分可口，價格也很合理，所以良彥從大學時代便常來光顧。由於悄然坐落在住宅區深處，鮮少有觀光客上門，也是良彥中意的理由之一。店裡生意興隆固然可喜，但是人滿為患可就敬謝不敏了——這就是常客的矛盾心理。坐在平時慣坐的角落雙人座，可以清楚看見安裝在天花板附近的小電視。播放職棒實況轉播的畫面上方流過了地震快報跑馬燈。最近雖然沒有大地震，卻常看見這類快報。

「你要跟我談什麼事？」

孝太郎一面分切上桌的炸豆腐，一面詢問。

良彥把視線從電視上移回來，喝了口啤酒杯裡的啤酒。想當然耳，這次黃金也跟來了，而祂最愛吧檯裡的廚房，每次來這家店，大多是泡在那裡不回來。良彥沒有隱瞞之意，只是現在還不想讓祂知道這件事。

「我打工的地方問我要不要轉正職。」

良彥壓低聲音告知。

私下戴著黑框眼鏡的孝太郎隔著鏡片瞥了良彥一眼，直接吃起炸豆腐來了。

「很好啊！」

「好是好啦……」

「京都清潔服務在西日本有分公司和營業所，也算是家有規模的企業吧？」

「嗯……」

「會調職嗎？」

「啊，營業的話會，不過現場業務就算調職，也是在關西圈內。」

「公司要你做營業？」

「不，他說都可以……」

「你想做哪種？」

「問題不在於做哪種……」

面對接二連三的提問，良彥支支吾吾。

「老實說，我不知道該不該當正職。」

聽了良彥擠出的答案，果不其然，孝太郎露出了露骨的冷淡視線。

「我不懂你的意思。有什麼讓你猶豫的理由嗎？」

「……」

「既然沒有，有什麼好猶豫的？你有其他想做的工作嗎？」

「也不算是想做的工作啦……」

良彥硬生生地撬開沉重的嘴巴，搜索言詞，思考該如何回答。考量到自己的將來和生活，照理說，他沒有猶豫的餘地。

「如果當正職，或許得犧牲其他事物……」

考不好還得考慮卸下差使一職。把差使一職交給時間比自己更有彈性、更想為神明效勞的人，那些懷抱著不為人知的煩惱的神明心裡應該也會踏實許多吧！雖然明白這個道理，良彥卻無法割捨。這或許是一種眷戀吧！不知何時開始，他接納了差使這份工作，甚至從中找到成就感。說穿了，他是不願放手。

「你有這麼重要的事物嗎？」

孝太郎喝了口威士忌蘇打，略微傻眼地說道。

「我不能有嗎？」

「可以啊！只不過，大多數成年人都經歷過這種心理掙扎。」

良彥屏住呼吸。經孝太郎這麼一說，他沒有反駁的餘地。

「在工作的父母必須面對工作時間越長越無法陪伴孩子的心理掙扎，為了生活而工作的人勢必得犧牲部分用在興趣之上的時間。不過，大家都是努力從中求取平衡過生活，並不是只有你一個人被迫犧牲。」

孝太郎說的一點也沒錯，良彥不禁瞥開視線。這番話毫不留情地逼他認清從前的生活有多麼小兒科。

「你就先轉正職試試看如何？說不定能夠兩者兼顧。」

「就是因為不太可能兼顧，我才找你商量的。」

「還沒試過怎麼知道？」

「你還是老樣子，得理不饒人。」

「現在才這麼說不嫌晚？你就是看上這一點才找我商量的吧？」

良彥抱頭低嘆。沒錯，正如孝太郎所言，良彥就是深知他這種性格，才找他商量的。孝太郎的話雖然不中聽，但良彥希望他斷了自己的退路，也是事實。若不這麼做，自己大概又會找藉口東躲西逃。

「哎，接下來這句話對你來說或許也是得理不饒人——」

孝太郎向經過的老闆娘加點了一杯威士忌蘇打，繼續說道：

「先別管打工地點的正職，如果把想做的事當工作，有可能滿足你的希望嗎？」

聞言，良彥抬起頭來。

「如果你成為職棒選手，就可以邊做喜歡的事邊賺錢吧？就是這個意思。」

「話是這麼說啦……不行。」

良彥腦中浮現了幾個方案，又在一瞬間消失了。

差使是純義務性質的榮譽職，要怎麼領薪水？再說，誰來付薪水？要是玄關被放了幾袋米，反而傷腦筋。

「那就死心，乖乖轉正職吧？」

「還是只有這條路可走嗎？」

「別的先不說，對一個年近三十的男人而言，還有比自立更重要的事嗎？」

就在孝太郎說完這句話的瞬間，視野產生近似暈眩的晃動，接著是猶如大卡車經過身邊的上下搖晃。吊在廚房裡的鍋子開始搖曳，撞上旁邊的杓子，發出鈍滯的聲音。店裡的客人一陣譁然，所幸搖晃隨即停止，又恢復平時的日常景況。

「地震啊？」

孝太郎環顧周圍，喃喃說道。幸好料理和飲料沒打翻。震度應該很弱吧！

「最近地震好多。」

良彥仰望電視，過了一會兒，地震快報流過畫面上方。京都市內的震度是三。

良彥移回視線，發現黃金走出廚房，帶著莫名嚴肅的表情豎耳傾聽，凝視遠方。

「別說這個了。明天就拜託你啦！」

被黃金分了心的良彥聽見孝太郎這句話，回過神來，轉回視線。

「明天？是什麼事？」

「打掃境內。」

「啊？為什麼要我打掃？」

「因為你看起來很閒。明天沒打工吧？」

「等等，讓我享受一下假日行不行？」

「之前的颱風把樹吹倒了，你也知道吧？到現在都還沒收拾好。這陣子業者很搶手。」

颱風來襲至今已經過了近兩星期，京都市內有神社被倒下的大樹壓得半垮，這件事良彥也有耳聞。大主神社位於山麓，倒塌的樹木不少，但說來幸運，本宮與攝社末社並沒有顯著的損傷，聽說保險公司也鬆了口氣。

「咦？業者才有辦法處理的事，你居然叫我做？」

又不是沒有男丁，不能靠職員自己設法處理嗎？孝太郎吃著炸章魚，一本正經地說道：

「你素唯一的救星。」

「少騙人了，混蛋，我絕對不會去。」

「你最好的朋偶都這樣霸託你了。」

「吞下去再講啦！」

啼笑皆非的良彥將視線轉向廚房，看見黃金正從冰箱上方偷看老闆做菜。見到祂一如平時的模樣，不知何故，良彥鬆了口氣，喝了口啤酒。

⛩

「我就知道你一定會來。」

隔天，良彥帶著心不甘情不願的表情站在大主神社境內。等候多時的孝太郎立刻把竹掃帚和藤畚箕遞給他。

「我是不得已才來的。」

「倒塌的大樹搬不動，把掉落的樹枝掃開就行了。」

孝太郎似乎完全不在乎良彥說什麼，立刻開始下指令。一旁，孝太郎看不見的和服少女一臉滿意地點了點頭。祂正是深夜突然來訪，騎在正在睡覺的良彥身上將他吵醒，並質問「幫好朋友的忙是天經地義的吧？還是說你不同意妾的住處該打理得漂漂亮亮的？」的元凶。

「那不是凡人吃吃喝喝留下的垃圾，倒還可以容忍，不過住的地方總是越漂亮越好，是吧？狐狸。」

許久未見，大地主神的傲慢態度依然未變。祂挺起胸膛，得意洋洋地望著黃金。

「好好侍奉神明吧！良彥。」

當時正值半夜，良彥隨口敷衍了大地主神幾句，沒想到到了早上祂還是沒走，就連狐神也一起催他侍奉神明，於是他就被連拖帶拉地來到這裡了。

「又不是差事……」

良彥嘀咕道。梅雨季節好不容易結束了，日照已經完全切換成夏季模式，在這種大熱天底下打掃，簡直是拷問。

「你說什麼？」

正在說明哪些地方倒樹較多的孝太郎轉過頭來。

「不……沒什麼。」

良彥望著遠方，搖了搖頭。就算拒絕，也只會落得被腳邊的神明踹小腿的下場。

「對了，社務所的冰箱裡有人家送的西瓜，宮司說待會兒要切來吃。」

「西瓜？」

「我會替你留一份的。」

默默對望數秒以後，良彥慢吞吞地抱著掃帚和畚箕出發打掃。老實說，被用西瓜打發，良彥有點不爽，但是他也知道整理如此廣大的境內有多麼辛苦，因此姑且妥協了。

「良彥，快點打掃完，去吃西瓜吧！」

在孝太郎的目送之下，良彥走上了通往大天宮的坡道；半路上，走在前頭的黃金回過頭來催促他。

「西瓜只有夏天才吃得到，很寶貴的。」

「從前的西瓜沒有現在這麼甜，味道比較生，也比較硬。」

兩尊神明邊走邊聊起西瓜來了。良彥隨後追上，有點擔心自己是否吃得到西瓜。這兩尊神鐵定會叫他把西瓜交出來。

通往大天宮的坡道的其中一側是草木叢生的斜坡，被強風吹斷或裂開的樹幹就這麼擱在原地，大概是因為沒有倒向路面的風險，所以就沒有清理了吧！孝太郎說雇不到業者，似乎是真的。良彥一路將地面上的樹枝掃向斜坡，來到了大天宮前，二拜二拍手一拜，打了個招呼。中門彼端是眼熟的八角形本殿。祖父病倒以後，良彥天天都來報到，對這裡相當熟悉。祖父過世一年後重返此地的那一天發生的事，令良彥倍感懷念。

「這裡的樹也斷掉了啊……」

大天宮前原本有棵和成年人的身體差不多粗壯的杉樹，現在卻只剩下樹樁了。或許是因為有壓到神社的危險性，才緊急撤除樹幹吧！杉樹似乎是被強風連根吹倒的，樹樁歪向一邊。

「這棵杉樹還很年輕，枝葉也很茂密，真是可惜啊！」

大地主神一臉愛憐地撫摸樹椿。

「種下樹苗至今，大約過了四、五十年吧？是前任宮司發現自生杉樹的幼苗，移植到這裡來的。應該正好是現任宮司剛出生的那時候。」

「原來這棵樹還有這段淵源啊！」

「還記得當時他看著這棵樹，就像是在看著自己的孩子成長一樣。」

良彥回憶原本佇立於此的杉樹。理所當然存在的事物一旦消失，景色就變得截然不同，讓人好不習慣。

「哎呀，差使兄？還有黃金老爺和大地主神娘娘！」

就在良彥將地面上的小樹枝及樹葉掃在一塊時，田道間守命從通往大主山公園的道路現身了。

「嗨，好久不見。」

「大家齊聚一堂，是怎麼回事？」

田道間守命一如以往，帶著和藹可親的笑容走上前來。

「沒什麼，良彥說他想侍奉神明。」

「所以妾就來監督他，免得他混水摸魚。」

黃金和女神默契十足地回答，良彥則是投以狐疑的眼神。祂們鐵定是衝著西瓜來的。

「侍奉神明啊？令人敬佩。前些時候暴風肆虐，還有許多地方尚未清理呢！」

祂雖然這麼說，卻沒表示要幫忙，是因為祂終究是受人奉祀的神明。伺候神明是人類的工作。

「而且混亂之間，還發生了怪事……」

「怪事？」

良彥反問，田道間守命略微遲疑過後，才娓娓道來。

「老實說，最近常有供品遺失。昨天也一樣，附近的小孩供奉的仙貝……」

「又是仙貝？」

「我親眼看見他們供奉的，可是送他們離開之後，回來一看，就不見了。」

「不是被野貓叼走的嗎？」

「不是，而且還不只一、兩次。然後……」

田道間守命瞥了黃金一眼，一副難以啟齒的模樣。

「旁邊有腳印。我怎麼看，都像是狗……或狐狸的……」

良彥和大地主神的視線同時集中過來，黃金立刻叫道：

「不對！不是我！我還沒墮落到這種地步！」

「我錯看祢了，狐狸。自己的神社倒也罷了，居然連其他神明的供品都染指。」

「抱歉，田道間守命，是我督導不周。」

「我不是說過不是我了嗎？」

「當、當然！我也不認為是黃金老爺！只不過這一帶沒有野生的狐狸，我在想會不會是祢認識的哪尊狐神老爺——」

聽了田道間守命這番話，良彥突然開始思索起來。最近好像也有聽過關於狐狸的話題？

「該不會是『落單狐狸』吧？」

黃金氣呼呼地同意：就是牠！

「百濟王聰哲說過，最近京都出現了偷竊食物的落單狐狸。」

所以不是我！黃金再次否定。

「居然有這麼危險的狐狸老爺？」

「這可是個大問題啊！」

田道間守命面露畏怯之色，身旁的大地主神則是盤起手臂，面色凝重。

「我和田道間守命才剛說好近日要來討論仙貝的甜粉究竟是什麼做成的。沒有實品，該如何討論？」

「問題在這裡嗎？」

良彥望著大地主神，反倒有些佩服起來了。神明有空討論零食，或許正是天下太平的證據。

「總之，一發現那隻落單狐狸，就得立刻抓起來才行。不能再讓狐狸背黑鍋——」

說到這裡，大地主神突然停了下來，隨後腳下便是一陣搖晃。

「又來了？」

良彥連忙壓低身子，幸好微弱的搖晃立即止息了。

「最近地震好像很多。」

良彥並未逐一確認地震資訊，不過，包含無感地震在內，搞不好每天都有，而且遍及全國各地。

「黃金？」

良彥呼喚豎起耳朵動也不動的狐神。這麼一提，祂昨晚好像也是這種表情。

「怎麼了嗎？」

「沒什麼，與你無關。」

說著，黃金有些侷促不安地重新坐下，突然又歪起頭來。

「落單狐狸……」

祂似乎想起什麼，眼帶思索之色，喃喃說道。

「怎麼，狐狸認識？」

大地主神詢問，黃金露出模稜兩可的表情，轉動視線。

「不，只是覺得以前好像聽過類似的故事……」

回答完後，黃金便沉默下來，陷入沉思。

⛩

從大天宮一路往下打掃的良彥在告一段落以後，決定返回社務所小憩片刻。京都的夏天特有的悶熱感十分消耗體力，沒必要硬撐著打掃。良彥帶著三尊神明，正要穿過通往社務所的木門時，看見兩個身穿連身工作服的男人走出來，連忙讓路。

「我們會再聯絡您的。」

說著，他們向送到門口的孝太郎點頭致意，步向停車場。

「剛才的是誰？業者嗎？」

良彥詢問，孝太郎點了點頭。

「造園業者。我請他們提供清理倒樹的報價，順便徵詢另一件事的建議。」

「建議？」

孝太郎招了招手，帶著良彥穿過木門，來到儲藏室附近。良彥的視線停駐在前頭的種植箱上。塑膠材質的箱子裡裝滿土壤，種著某種植物的幼苗，但是比良彥想像中的幼苗細長許多，形狀有點眼熟。

「哦，是插枝啊！」

蹲下窺探的大地主神一臉開心地喃喃說道。插枝？良彥本想反問，又及時吞了回去。孝太郎聽不見祂的聲音。

「大天宮前本來不是有一棵杉樹嗎？宮司對那棵樹好像很有感情，說要插枝；所以我請專家指導，現在正在栽培中。」

「什麼是插枝？樹不是已經斷了嗎？」

樹斷了，不就死了嗎？良彥歪頭納悶，而孝太郎簡潔地替他說明。

「把杉樹枝切成這樣的長度，插進土裡，就會生根；拿來種植，就會再次長出杉樹來。如果重新種植其他種子或樹苗，就不再是斷掉的那棵樹了；不過用插枝法，還是同一棵樹。」

「就像複製一樣？」

「嗯，可以這麼說。」

孝太郎簡單地作結，走向社務所。

「我正想去叫你。西瓜剛切好。」

聞言，眾神立刻扔下良彥，跟著孝太郎離去了。良彥留在原地，望著杉樹苗。良彥當然不知道有插枝這樣的方法，不過他很高興宮司選擇了插枝。自己的父親親手種下、一起長大的杉樹，想必充滿了與父親之間的回憶吧！

「良彥先生。」

一道清爽的聲音呼喚佇立於種植箱前的良彥。

「穗乃香，妳也來啦？」

大學正值考試期間，良彥猜想她應該很忙，所以不常聯絡她，而在眼前微笑的她看起來依然精神奕奕。她似乎比從前更常笑了。除了名叫望的朋友以外，她好像還有幾個時常聊天的同學。

「再不快點過來，西瓜要被吃光了。」
良彥與她一同前往社務所，只見孝太郎的前輩正將切好的西瓜放到與落地窗相連的陽台上。
「抱歉，人數很多，年輕人在外面吃——」
話還沒說完，盤子裡的西瓜便少了好幾片，前輩不禁歪頭納悶。他不知道有三尊神明正在他的面前猛吐西瓜籽。
「我要開動了。」
良彥坐在陽台上，順從喉嚨的渴望，大口咬下夏天的象徵。甘甜的果汁滲入全身。
「良彥，吃完以後，幫忙修剪本宮後面的樹枝。」
「啊？你還要我繼續工作？」
「還是你要修理簷溝？」
「都不要！」
「對、對不起，良彥先生，我也會幫忙的……」
被孝太郎玩弄於股掌之間，身旁是雖然惶恐卻又有些開心的穗乃香，以及以黃金為首、我行我素的眾神。這就是良彥不變的日常生活。

三

和良彥在大主神社見面的隔週，上午考完大學定期考的穗乃香到學生餐廳吃完午餐以後，正打算回家。盛夏的太陽君臨了天空，緩緩地焦炙萬物。定期考只剩下三科，其中還包含了開書考或繳交報告即可的科目，因此心情格外輕鬆。

上個星期，穗乃香在放學的路上順道去了大主神社一趟，後來和她一起踏上歸途的良彥跟她說了「落單狐狸」的事。他說他只是耳聞，實際上遭殃的是田道間守命；雖然不知道是否真是狐狸所為，希望穗乃香看見可疑的狐狸時能夠通知他一聲。

「有什麼特徵嗎？」

「不，沒人看過。黃金好像心裡有數，可是祂一直是那種狀態……」

走在兩人身後的黃金打從吃西瓜的時候就頻頻露出納悶的表情，一感受到地震的搖晃，便翹起鬍鬚，望著北方。問祂地震和狐狸可有關係，祂也只說不知道。

「話說回來，供品消失的帳居然記到我的頭上來，實在令人遺憾。」

到頭來，祂最不滿的就是這一點。

「這不是差事，其實放著不管也沒關係，不過我就是有點在意。」

「嗯，知道了。」

穗乃香微微一笑，如此回答。書包裡的鉛筆盒中裝著良彥送給她當入學禮的原子筆。穗乃香原想請良彥喝咖啡或吃飯做為答謝，想著想著就到了夏天。孝太郎告知良彥的生日就快到了，她想送良彥生日禮物表達謝意，卻又不知道送什麼良彥才會開心；原本打算趁著今天見面不著痕跡地打聽，可是現在遇上這種狀況，是否下次再問比較好？

「啊，今年夏天應該也會很熱吧！」

良彥擦拭汗水，仰望天空。那一天的天空湧現了潔白的積雲。

「啊，呃，良彥先生。」

「嗯？」

「呃……我……」

說吧！快說出來！心中有另一個自己在吶喊，可是話語遲遲不出口。

「呃……希、希望能找到。」

最後穗乃香說出的是這句話。

「對啊！」

良彥笑著點頭。

距離似近卻遠。

「穗乃香，再見。」

到了路口，良彥一如平時地說道，揮了揮手。

「嗯，再見。」

穗乃香也一如平時地回答。

再見。沒錯，下次見面時再問就行了。

——跟望聊起這件事時，被她調侃：「妳這樣一輩子都說不出口吧？」而穗乃香完全無法反駁。

離開大學，逛街散心以後，穗乃香走向巴士乘車處；走在前方，貌似觀光客的雙人組突然停下腳步，東張西望。

「掉了嗎？」

「不，沒看見啊！」

「有沒有在包包裡？」

「沒有。是不是本來就只有四個啊？」

「咦？我記得有五個啊……」

他們似乎是要平分在附近的商店買來的點心，卻發現少了一個。穗乃香走過歪頭納悶的兩人身邊，這會兒有個女性氣呼呼地從速食店跺著腳走出來，另一個男性追在她的身後。

「等等，真的不是我啦！」

「不然是誰吃的？去上個廁所回來漢堡就不見了，哪有這種事？」

「我真的不知道！我一直在滑手機！」

「吃了就老實承認啊！」

女性頭也不回，快步走過人來人往的步道。穗乃香漫不經心地目送小跑步追逐她的男性離去，打量四周，發現還有其他三組人因為食物或飲料不見而大呼小叫。

穗乃香有股不祥的預感，退到步道邊緣，停下腳步。記得良彥說過有隻落單狐狸偷竊供品。她原本以為不會直接竊取人類的食物，看來並非如此。這些案子應該都是同一個犯人所為吧！為了讓自己冷靜下來，穗乃香做了一次深呼吸，再次仔細打量周圍。只見行人交錯的步道一角，正好被行道樹擋住的位置，有個白色物體輕輕地擺動著。穗乃香小心翼翼地走近一看，是條毛茸茸的尾巴。

「請問……」

穗乃香靠近，悄悄地攀談；只見白色尾巴的彼端有張叼著漢堡的臉轉過來，隨即又轉了回去，心滿意足地啃食漢堡，經過數秒以後，才猛然回過頭來。

「妳、妳是誰啊妳！」

如此大叫的同時，對方一躍而起，足足跳了兩公尺高，試圖爬上行道樹，卻以失敗收場，爪子抓著樹幹一路滑落，身體則像是和樹木同化一樣，緊緊貼著樹幹。蓬鬆的尾巴、大大的三角豎耳及突出的鼻頭；雙眼是金色的，右眼上有道宛若歌舞伎妝的紅色花紋，脖子上則是打了蝴蝶結的藍色頸帶。是隻全身潔白如雪的白色狐狸。

雖然心知應該不是黃金，如今獲得證實，還是讓穗乃香鬆了口氣。話說回來，這隻狐狸是打哪兒來的？祂就是良彥提過的「落單狐狸」嗎？穗乃香回想自己看過的神明和精靈。白色的動物通常是神使，而說到白狐，她在特定的神社看過好幾次。

「妳……有天眼？」

白狐垂下耳朵，威嚇似地皺起鼻子。

「天眼來這裡做什麼？我知道了，妳是奉命前來的吧！」

「奉命？」

「沒想到居然派個凡人來……未免太小看我了！」

「等、等等，祢誤會了……」

穗乃香連忙舉起雙手，顯示自己沒有敵意。話說回來，祂為何如此慌張？是做了什麼虧心事嗎？

「呃，祢……是稻荷神吧？」

穗乃香詢問，白狐滿懷警戒地打量著她。

「凡人都稱呼我們狐狸為『稻荷』，不過嚴格說來，這樣稱呼是錯的。」

在站前的超商買了塊年輪蛋糕給白狐以後，白狐心情一好，話匣子便開了。

「所謂的稻荷神或稻荷大明神，指的是宇迦之御魂神，伏見稻荷大社的主祭神。其實很久以前，稻荷神和宇迦之御魂神是不同的神明，後來漸漸地被視為同一神明。我們狐狸不過是宇迦之御魂神的眷屬。」

穗乃香坐在剪票口前方的投幣式置物櫃旁邊，裝出在看手機的模樣，聆聽白狐的話語。國高中及小學已經開始放暑假了，即使在這個時間，也常看見這個年齡層的小孩。

「既然是眷屬，怎麼可以偷漢堡呢……」

「我不是偷，只是分一點來吃而已。人間果然有許多美味的東西。」

白狐哈哈大笑，咬了口年輪蛋糕。

「呃，如果是我弄錯了，我先道歉；聽說最近有神社遺失供品……」

穗乃香慎重地切入正題。她沒有明確的證據，所以始終是使用詢問的口吻。

「你知道是怎麼回事嗎？」

「哦，是我拿的。」

白狐回答，態度出奇地乾脆。

「剛跑出來的時候，我只拿供品，可是供品翻來覆去都是那幾種，沒多久我就吃膩了，所以才改向凡人討食物吃。」

「剛跑出來的時候？」

這句話給人一股苗頭不對的感覺，穗乃香不禁喃喃說道。

「……你是從宇迦之御魂神那裡跑出來的嗎？」

這麼一提，祂被稱為落單狐狸。宇迦之御魂神的眷屬狐狸們向來紀律嚴明，而祂落單在外，代表……

「祢是離家出走的嗎？」
「如果這麼簡單，我也不必過得這麼提心吊膽了。」
白狐開朗地說道，將金色眼睛轉向穗乃香。
「我是逃出來的。」
「逃……」
「換句話說，我是逃亡眷屬。」
穗乃香目瞪口呆地俯視著咯咯大笑的白狐。比起離家出走，逃亡的火藥味聽起來重多了。
「長年侍奉宇迦之御魂神……我一直很嚮往外面的世界，想知道自由之身有多麼無拘無束。哎，換句話說，就是不想工作啦！第一次逃走，是在——一千五百年前左右吧？」
「咦……第一次？」
「嗯，後來被抓回去了。時代流轉，每天聽著凡人祈求生意興隆、財源滾滾，四處跑腿，和各地的眷屬聯絡……我實在受不了這種生活，所以這次是第二次逃走，趁著祇園祭時期，觀光客變多，大家手忙腳亂的時候偷偷跑出來的。」
穗乃香用手摀住嘴巴，努力壓抑驚訝之情。這隻狐狸比她所想的更加荒誕不稽。
「起先我是逃到其他地方去了，後來因為諸多緣由，又回到京都來了。哎，俗話說藏木於林，而且這裡美食多，人也多，比較容易下手……不不不，是比較容易分到食物。」

白狐得意洋洋地說道，吃著剩下的年輪蛋糕。

「小姑娘突然跟我說話，我還以為是追兵，不過仔細想想，祂們應該沒那個心力管我吧！」

白狐心滿意足地舔舔嘴巴周圍。祂似乎很中意年輪蛋糕，讓穗乃香有點不安。買給祂吃真的沒問題嗎？

「沒有心力？」

比起追捕逃亡眷屬，還有更重大的事要處理嗎？穗乃香詢問，白狐抬起鼻頭，指著天空。

「小姑娘，妳有天眼，應該看得見精靈吧？妳沒發現進了瓜月以後，祂們都變得慌慌張張的嗎？」

聞言，穗乃香仰望天空。精靈通常是待在山林等自然環境之中，這陣子穗乃香都是往返於大學和住家之間，鮮少看見精靈。

「哎，跟凡人無關，是神明的事。就算祂醒來了，只要安安分分的，倒也不成問題。說歸說，十之八九會出亂子就是了。」

白狐用後腳搔了搔脖子，前腳和後腳打直，腦袋壓低，伸了個懶腰。接著，祂重新坐下，再次仰望穗乃香。

「小姑娘，我會答謝妳的年輪蛋糕的。遇上困難的時候，隨時可以找我。」

再見啦！留下這句話以後，白狐便如一陣疾風般消失無蹤；同時捲起的驟風讓在場的人們連忙壓住頭髮或衣襬。

「……找祂……要怎麼找？」

留在原地的穗乃香茫然地喃喃說道。如果呼喚祂，祂就會立刻趕來嗎？在原地呆立片刻之後，穗乃香才回過神來，拿起手機聯絡良彥。

⛩

當天早上，良彥簡單地沖了個澡，一面吃早餐的吐司，一面漫不經心地看著客廳裡開著沒關的電視。早上的歪斗秀（註3）討論的主題是最近日本各地地震頻傳，如果震度七的地震侵襲都市地帶，會有什麼後果，並播放模擬影片。大樓倒塌，玻璃散落，道路起伏龜裂，高速公路倒塌。瓦斯外洩及復電造成的火災使得住宅區陷入火海，非但如此，視震源的位置而定，或許會有超過三十公尺的海嘯侵襲街道。

「真恐怖……」

良彥忍不住嘀咕。京都市內雖然沒有海，但老舊建築之多居全國之冠；倒塌固然可怕，若是在密集的住宅區發生火災，火勢轉眼間就會蔓延開來，絕非前陣子的風災所能比擬。節目報導火山性地震也增加了，更加引發了危機感。大地震和海嘯，若是連火山都爆發，還能往哪裡逃？

「我是不是該準備防災包啊？」

良彥如此喃喃自語，吃完早餐以後，準備出門。今天十點有排班。雖然轉正職之事仍然拿不定主意，不過為了每天的伙食費，還是得繼續工作。

「黃金～要出門了！」

良彥一面在玄關穿鞋，一面呼喚平時總是跟來打工地點四處參觀的狐神。雖然祂不在也不成任何問題，但若是擱下祂，事後又會被祂埋怨，所以良彥總是會叫祂。

從洗手間方向探出頭來的黃金望著正在綁鞋帶的良彥，將尾巴纏在腳上，坐了下來。

註3：日本一種新聞情報型綜藝節目。

「今天我就不同行了。」

「祢有事嗎？」

「唔，有件事我有些掛懷，決定去當地看看。」

「掛懷？落單狐狸的事嗎？」

「不，和那件事無關……應該無關。」

黃金難得回答得如此沒有把握。祂將視線轉向良彥：

「聽好了，良彥，可別因為我不在就怠惰度日。一旦宣之言書浮現神名，就要迅速地履行職責，為神明效力，這才是差使的本分，切莫忘記。」

「知道啦！」

良彥啼笑皆非地回答。簡直就像是在叮嚀留下來看家的小孩。

「還有，冰箱裡的『完整橘子Q彈冰果凍』是我的，你可別吃掉啊！」

「祢的？那是我妹的耶！」

「你可別吃掉啊！」

「祢這是叫我買的意思嗎？」

良彥一如平時，一面和黃金鬥嘴，一面走出玄關；接著，他目送沿著屋簷走向某處的狐神離去。

「忘了說轉正職的事了。」

待黃金的金色尾巴自視野消失以後，良彥喃喃說道。良彥知道就算找祂商量，祂也只會要求自己以差使的職務為優先，但總不能永遠瞞著祂。

「回來以後再說吧……」

良彥無奈地嘆了口氣，邁開腳步。才踏出一步，地面便又開始搖晃了。

良彥一如平時到事務所打卡，聆聽今天的現場說明，並與其他三名工作人員一起坐上旅行車出發。平時他們大多是清掃大樓樓層或大廳，鮮少遇上嘔吐物或排泄物這類汙垢，但打掃起來仍舊不輕鬆。膝蓋受傷，放棄棒球離職以後，良彥覺得無論如何還是該找份工作來做，才開始從事這一行；而他原本就喜歡活動身體，才能一路做到今天。與其現在再去其他公司上班，從頭學習工作，還不如留在這裡當正職比較輕鬆。

「我該怎麼做……」

在遲來的午休時間裡，良彥一直在思考這個問題。他坐在大樓緊急逃生梯的平台上，一面喝咖啡，一面俯瞰京都街頭。一輛載著植栽的卡車駛過車水馬龍的道路，見狀，良彥想起了大主神社的杉樹。待插枝生根之後，應該會移植到境內某處吧！前任與現任宮司的回憶就寄託在留下一命的杉樹之上了。

「我真正想做的事到底是什麼？」

良彥並不討厭打掃，也已經適應了差使的工作。如果可以辭掉這兩個工作去做喜歡的事，自己會選擇什麼？這樣簡直就和為了就業而煩惱的妹妹一樣。

「想做的事和該做的事不見得一樣。」

「是啊！不過我的情況是連自己想做什麼事都不太明白。」

「現在這個時代可以從事想做的工作，可是煩惱也跟著變多了。」

「就是說啊！選項越多越猶——」

順口接話的良彥說到這裡才察覺有異，打住了話頭。他是獨自來到這裡的，同事應該都各自在車上或大樓後方休息才對。

「……祢是什麼時候來的？」

良彥平靜地詢問身旁的男神。

腰間佩刀的祂恭恭敬敬地作了個揖。

「剛來不久。」

「至少打個招呼嘛！」

「看差使兄正在煩惱，就沒打擾了。」

笑咪咪地抬起頭來的是聽哲，敬福的刀癡曾孫。

「我等不及恭聽差使兄的活躍事蹟，所以就跑來了！」

「真虧祢能找到這裡來……」

「我知道差使兄住在京都，起先去府上拜訪，可是撲了個空。就在我尋思如何是好時，正巧經過的大年神老爺告訴我差使兄是去『打工』了。」

「我的行程全被摸得一清二楚……」

「之後我詢問精靈，找到了這裡來。」

聽哲得意洋洋地報告。良彥確實說過隨時都可以，但是沒想到祂會來得這麼快，而且還跑到職場來。看祂一副溫文的模樣，為了達成目的，倒是十分積極。

「好久沒來京都了。最近一次應該是和宗近兄與吉光兄促膝長談的時候吧！」

「你的朋友？」

「古代的刀匠。祂們住在三條某座神社的末社，我們時常一起談論刀劍。之前天目一箇神也大駕光臨，一起閒聊用鑄劍爐的餘火烤番薯的話題。」

「好像很開心啊……」

良彥不太明白，大概是只有刀癡才懂的話題吧！宅男通常都是這樣。

「今天差使兄沒和方位神老爺在一塊嗎？」

聰哲一面環顧周圍，一面問道。

「祂說祂有事。哎，到了晚上應該就會回來吧！」

這麼一提，是不是真的該去買那個「完整橘子Q彈冰果凍」？

「打工大約是三點結束，祢可以等到那個時候嗎？要說事蹟，回家以後再慢慢說吧！」

良彥喝光罐裝咖啡後如此詢問。祂難得來一趟，良彥不忍心趕祂回去。再說，約定就是約定。

「是，當然！」

聰哲作了個揖，開心地笑了。

接著，在休息時間即將結束時，良彥接到了穗乃香的來電。

「呃，連我自己都忘了；不，其實我記得，只是一時沒想到……」

結束打工的良彥帶著聰哲與穗乃香會合，抱著在超市隨手買來的巧克力，來到大主山麓等了一小時以後，白狐輕易地現身了。不知道是因為穗乃香在場才放心現身，還是單純被巧克力吸引，總之似乎不是生性謹慎的類型。

「這不是差事，所以我看不到那隻落單狐狸……」

看著眼前逐漸被吃掉的巧克力，良彥喃喃說道。

「對、對不起！我也沒想到這一點，就打了電話……」

「不，是我叫妳聯絡我的。」

倘若是與差事相關的神明，對方會調整頻率，好讓良彥看見，所以不成問題；但是無意現形的神明，良彥可就看不見了。這是他和擁有天眼的穗乃香的最大不同之處。

「原來如此，差使兄看不見差事神以外的神明……咦？啊，是的，這位就是差使兄。」

聰哲和良彥看不見的狐狸交談。想和高龗神說話的遙斗原來就是這種心境啊？良彥總算明白了。

「幹得好，天眼女娃兒。這傢伙就是偷走田道間守命的仙貝的愚昧之徒嗎？」

察覺氣息前來的大地主神大概正站在落單狐狸的面前吧！一旁的田道間守命忐忑不安地交

互打量兩神。

「如果祢肚子餓了，可以跟我說一聲。」

「祢太天真了，田道間守命。妾的仙貝之仇深似海，可不能就這麼算了。」

祂該不會只是自己想吃而已吧？良彥對大地主神投以懷疑的目光，此時，穗乃香的視線移動，在自己的面前停了下來。

「白狐，祢有沒有在聽妾說話？真是的，狐狸都是這副德行！」

忿忿不平的大地主神也將視線轉了過來。落單狐狸似乎就在自己的正面。而在良彥不經意地眨了下眼以後，眼前突然出現了一雙金色的雙眼，他不禁倒抽了一口氣。

「今天老是遇到稀奇的凡人。」

白狐在彼此的鼻子幾乎快碰在一起的位置興味盎然地凝視著良彥。

「這樣看得見了吧？算是便宜你了。」

右眼有著紅色歌舞伎妝的白狐說道，咯咯地笑了起來。

「是白狐？我在漫畫上看過。」

「正式身分是稻荷的使狐。哎，不過是個逃亡眷屬而已。」

聞言，大地主神露出了不悅的表情。

「原來是稻荷的逃亡眷屬啊！難怪一直逮不到尾巴。」

「京都到處都是狐狸，最適合藏木於林了。」

白狐再次在巧克力旁趴下，使用前腳和嘴巴靈活地拆開包裝。

「別再偷供品和凡人的食物了。要是祢不知節制，妾就請宇迦之御魂神來接祢回去。」

「哦，好可怕、好可怕。大主山的大地主神還是一樣強勢。」

白狐絲毫沒有懼怕之色，自顧自地啃起甜點來了。祂吃東西的模樣令良彥不禁聯想到黃金。狐狸都是這麼貪吃嗎？

「欸，祢為什麼要逃走啊？眷屬的體系我是不太明白啦，簡單地說，就跟部下差不多吧？祢的上司很蠻橫嗎？」

聽到眷屬二字，良彥想到的是一言主大神的阿杏、蛭兒大神的松葉，還有和久延毘古命一起行動的富久與謠。他原本以為所有眷屬都對主人忠心耿耿，原來也有例外。

「哎呀，小兄弟，問得好。宇迦之御魂神倒也不是蠻橫，祂是尊聰明的神，只是發起脾氣來有點恐怖就是了。哎，要說恐怖，更上頭的——算了，不講了。總之，稻荷的神使工作很多，畢竟稻荷神社全國各地都有，光是互通有無就夠累人的了。找風神商量天氣的問題，管理豐收歉收，配合氣候引發稻穗突變，還得懲罰貪心的凡人，跟我的性子不合。哎，說穿了，就是不想工作啦！」

祂實話實說，倒是很直爽。

「換句話說，就是尼特族啊！」

大地主神把手指放在太陽穴上，一針見血地說道。

「跟你一樣，良彥。」

「才不一樣咧！」

「什麼是尼特族？」

「聽哲不必知道。」

良彥抱住腦袋，思考如何是好。或許該聯絡宇迦之御魂神比較好，可是他又擔心這不是差事，凡人不該多管閒事。還是交給大地主神處理吧！

「哎，用不著擔心，找到朋友以後，我就會離開京都，你的仙貝也不會再消失了。」

白狐一臉滿足地舔了舔嘴巴周圍，如此說道。

「你有朋友在京都？」

「嗯，是啊！我那個朋友應該已經察覺了北方的異變，我想向祂打聽一下。可是祂的住處變了，找不到祂。畢竟很久沒聯絡了。」

聞言，大地主神的表情倏然僵硬起來。

「祢該不會去了北方吧？」

「哦，不愧是大地主神，已經發現了？哎，光看這陣子的地震，應該也料得到吧！我原本只是想去陸奧觀光，沒想到碰上了那麼可怕的氣息。」

良彥一頭霧水，望了穗乃香一眼，穗乃香似乎也不明白，搖了搖頭。聰哲與田道間守命也歪頭納悶。

「北方的異變是什麼？」

良彥詢問，大地主神露出明顯的不知所措之色，瞥開視線。見狀，白狐搖動尾巴，代替祂回答：

「被封印的神明醒來了。」

「被封印的神明？」

「很久很久以前，凡人稱之為『荒脛巾神』的神明。」

良彥身旁的聰哲倒抽了一口氣。祂睜大眼睛望著白狐，喃喃說了句：不會吧！

「為何？為何在這麼多年以後……」

「祢知道什麼嗎？」

良彥詢問，聽哲回過神來，眨了眨眼。

「抱歉，失態了……」

「怎麼，祢是那個時代出生的嗎？」

金色雙眸興味盎然地瞇了起來。

聽哲下定決心，開口說道：

「家父是百濟王俊哲，從前的陸奧鎮守將軍。」

聞言，白狐驚訝地瞪大眼睛。

「真是造化弄人啊！沒想到會在這裡遇上百濟王氏！」

良彥完全跟不上話題，對大地主神投以求救的視線。見狀，大地主神終於張開了沉重的嘴巴。

「荒脛巾神是國之常立神的眷屬。祂是條地龍，一身漆黑，與高龗神頗為相似，但祂是大地化身國之常立神的眷屬，所以體型大上許多。祂是尊法力無邊的神明，而且——是深愛蝦夷的神明。」

「蝦夷？」

聽了這個陌生的字眼，良彥不禁反問。

「從前，都城的凡人是這麼稱呼住在關東以北的人民的。朝廷也曾數度派軍鎮壓不肯歸順的他們。」

「荒脛巾神太過愛護蝦夷了。」

白狐說道，仰望天空。

「和北方的地鳴同時傳來的是怨恨的慟哭聲。實在太可怕了，隨時可能發生無法挽回的事。」

良彥也循著祂的視線仰望天空，但任憑他再怎麼豎耳傾聽，還是只聽得見鳥叫聲和車子行駛聲。

「良彥，狐狸……黃金在哪裡？」

大地主神有些焦急地詢問。

「祂說今天要出門。」

「什麼時候回來？」

「不曉得，我沒問。晚上應該會回來吧？祂很想吃果凍。」

大地主神依然面色凝重，若有所思地沉默下來。見狀，白狐緩緩地來到良彥眼前。

「欸，小兄弟，我也有件事想問你，可以嗎？」

白狐微微歪起頭來，說道：

「你的身上隱約帶有我在找的朋友的氣味。」

「咦？我嗎？」

良彥皺起眉頭。對於今天初次聽見的神名，他毫無頭緒。

「國之常立神的眷屬龍是兩條兄弟龍，一條是名為荒脛巾神的黑龍，另一條是——西方的金龍。」

大地主神祈禱似地閉上了眼。

「現在不見得還是龍的形貌。你見過金色的神明嗎？」

聞言，良彥屏住呼吸，搜尋言詞。

大地緩緩地響動。

要點

神明講座 1

荒脛巾神是什麼樣的神明？

荒脛巾神在古事記中並未登場，是民間信仰的神明，據說從繩文時代便開始流傳。在本作中，祂是蝦夷奉祀的神明，但這也僅是其中一說而已，還有鑄鐵之神、邊境之神等各式各樣的傳說。《東日流外三郡誌》是將荒脛巾神的名字廣傳於世的文獻之一，不過這部文獻目前被視為偽書，如今無從得知荒脛巾神究竟是什麼樣的神明。

從祂現在依然以
客神的身分被供奉於末社這一點看來，
可以推測出對於當時的人民而言，
祂是非常重要的神明。

二尊　過錯

一

對於黃金而言，來到這裡只是一眨眼的事，但是尋找祂的下落卻比所料想的更費工夫。祂的存在感十分薄弱，對於自己的呼喚也毫無反應；由此可見，祂的力量也變弱了。非但如此，祂似乎四處移動，只有入夜以後才會在同一處停留。黃金把握這段時間，再次開始移動。

土壤的味道，深山的味道。從上空聞到這些氣味的黃金穿過樹梢，在黑暗包圍的山林一角降落。附近有人家，道路兩側也有稀疏的路燈，但是一踏入山中，便完全看不見了，只有由盈轉虧的月亮與銀沙般的星星隱約地照亮了四周。不似夏季所有的冰涼空氣撫摸著黃金的鼻頭。這應該不是因為身在山中，而是因為來到了北方的緣故吧！腳底下的腐葉土十分柔軟，可知此處人跡罕至。從降落地點才走了幾步路，就看見一隻長著漂亮鹿角的大白鹿站在前方等候。白鹿一看見黃金便邁開腳步，替祂帶路。來到這個距離，對方似乎也察覺黃金的存在了。

在茂密的樹林中前進片刻以後，白鹿緩緩地下了斜坡，讓出路來給黃金先走。有水的氣味，附近似乎有河川。叢生的雜草與黃金的視線一樣高，祂使用鼻頭與前腳靈活地撥草而行，不久後，終於在腳邊看見了破舊的衣襬。

「祢來了，西方的兄弟。」

嘶啞的嗓音細弱蚊蚋。

祂抱著腐朽的塚石，呼吸急促，雖然勉強保有人形，臉龐卻不時扭曲，時而化為熊，時而化為鹿；人形時的臉孔也不安定，有時是長了般若利牙的駭人面容，有時卻是充滿慈悲的女神形貌。祂的身上穿著古代的民族服飾，袖子底下露出的手臂長滿了黑色鱗片。

「久違了，東方的兄弟。」

見到祂這副慘不忍睹的模樣，黃金微微地豎起耳朵。黃金不知道祂的名字，祂也不知道黃金被稱作黃金以前的名字；雖然彼此以「兄弟」相稱，但那也只是用來與旁人區分的稱呼而已。

「見了我這副模樣。祢很驚訝吧？」

東方的兄弟一面喘氣，一面自嘲地問道。

「彼此彼此。」

「是啊。祢倒是變得很可愛。」

「這副模樣行動方便，我很中意。」

兩兄弟閒聊了幾句，微微一笑。

「話說回來，究竟是怎麼一回事？西方的兄弟。在我沉眠的期間，到底發生了什麼事？」

祂用長滿黑色鱗片的手抓住自己的胸口。

「山脈與大地被挖削，河川被填平，精靈所剩無幾，凡人卻數量大增，石屋林立，天空汙濁，河流化為死水。還有，我的孩子……我的孩子到哪裡去了？」

如此詢問的是擁有一頭茂密黑髮與鬍鬚的神明臉孔。黃金對於這種與民族服飾十分相稱的深邃五官也有印象，因為當年的都城裡也有來自東北的俘虜。

「你不記得了？」

黃金慎重地詢問。

「東方的兄弟，蝦夷被朝廷鎮壓，多數人移居西方，而西方也有人移居東方，與大和民族的血統混合；信仰亦隨之變遷，如今『荒脛巾神』已然淪為客神。」

這段歷史東方的兄弟也親眼目睹，但祂無法接受這個事實，又因為某個決定性事件而失去控制，鬧得山崩地裂，因此主人國之常立神才強制讓祂沉眠。神明對凡人本該一視同仁，但東方的兄弟卻忘了這個原則，獨鍾蝦夷；黃金一直牽掛著這樣的祂。

「這麼說來……我的孩子們……」

祂擠出聲音問道。

「兄弟疼愛的蝦夷民族，不……那個村落的人已經不在了。祢也看到了他們的末路吧？」

聽了這句話，東方的兄弟閉上眼睛，彷彿拒絕接受似地搖了搖頭。東方不許干涉西方，因此那一天，祂只能眼睜睜地看著一切發生。

「為什麼……為什麼……那麼崇敬神明，畏懼自然，攜手共生的無辜人民，為什麼……」

東方的兄弟抬起鱗片覆蓋的手臂，僵硬地看著自己的掌心。

「會連信任的人……都背叛了他們……」

黃金不發一語地看著兄弟。黃金知道祂假扮成人在村落中生活了一段日子，也知道祂親手撫養長大的兒子是如何身亡的。

或許眼前的已經不是自己所知的兄弟了。

而是一個失去了兒子的母親。

黃金如此暗想，豎起耳朵。即使歷經沉眠，祂的心依然停留在當時。

「西方的兄弟，我憎恨這個世間，憎恨奪走我所愛的人，卻還逍遙自在地繼續生活的人類。」

「祢不該說這種話。」

「那祢倒說說看！當時祢為何不阻止朝廷？」

東方的兄弟厲聲說道，隨即又連咳了幾聲，一臉痛苦地喘氣。主人的身體因為祂的慟哭而顫抖，大地微微震動。

黃金平靜地對祂說道：

「神明不該過度干涉人間。倘若事涉天候或天崩地裂姑且不論，凡人之間爭奪領地，神明不該插手置喙。」

「可是這未免太……」

「兄弟，事情都已經過去了。」

黃金用勸解的口吻說道。雖然祂們奉命守護東西方，運作這個人世的始終是凡人。主人讓凡人居住於自己的身體之上，便是有此期許。因此，黃金祂們固然會懲戒過度殘害主人身體的凡人，但是對於凡人之間的血腥爭戰卻必須置身事外。

「從今而後，我們同樣只能遵從國之常立神老爺的命令，擔任東西方的守護神。」

無人可以取代兄弟。只要主人的身體——日本存在一天，東西方兄弟的任務就不會結束；即使時代變遷，祂們扮演的角色已經改變也一樣。

「……我做不到。」

東方的兄弟喃喃說道。

「我再也做不到了……我不想再看著人類生活。我會忍不住在他們之中尋找我的孩子們的身影。」

「東方的兄弟……」

「再說，人類對於神明早已失去敬畏之心，化為一味冀求恩賜的貪得無厭之徒，已經不值得我繼續保佑他們了。」

東方的兄弟滿是愛憐地撫摸枯朽的塚石。那大概是從前蝦夷人用來奉祀祂的吧！

「醒來以後，我巡視各個懷念的處所，卻四處不見蝦夷之魂。連那些美麗的景色都不復見了……」

「可是，祢不能拋下自己的職責。」

這是雙龍被賦予的使命。

聽了黃金的話語，東方的兄弟雙眼迷濛地喃喃說道：

「西方的兄弟，我也仔細想過，為何主公要在這個時候讓我醒來。剛甦醒時，我寧願繼續沉睡下去，不過……這或許是主公的旨意。」

黃金訝異地看著兄弟。這句話是什麼意思？

東方的兄弟望著黃金，斬釘截鐵地說道：

「主公其實是想『大改建』這個人世。」

聞言，黃金倒抽了一口氣。

「祢在胡說什麼！若是主公親自下令倒也罷了，豈能容祢這樣自作主張！」

「可是，西方的兄弟，事實上，我的悲傷頻頻搖動主公的身體，主公卻沒有制止我。只要搖得再強一些，人類就會被篩落。主公定然是憐憫失去孩子的我，才將這個任務交付予我。」

「別動傻念頭。我們的主公是隱遁的天津神，饒是身為眷屬的我們，也鮮少聽到祂開金口。更何況是『大改建』這種事，作得了主的只有主公而已。別的先不說，祢已經沒有這等力量了。現在光是要維持那副模樣就很吃力了，不是嗎？」

「大改建」一旦發生，大地便會震動，山脈噴火，大海掀起狂濤駭浪，侵襲陸地；屆時人類無處可逃，建立的文明也會在一瞬間化為烏有。這絕不是一介眷屬可以憑一己之私決定之事。

「沒錯，現在的我沒有力量，已經沒有人奉祀我了。以荒脛巾為首的古代眾神逐漸被遺忘，大和的神明入主神社……」

祂的臉龐又開始不安定起來，一下子化為老翁，一下子像鬼怪般長角，接著變成狼、山豬與大蛇，最後變回蝦夷臉孔。祂有多少面貌，便代表祂曾經以多少名號受人奉祀。然而，現在凡間奉祀祂的場所劇減，荒脛巾神被趕下主祭神之位，僅有部分神社的末社奉祀著祂。

「所以更要請西方的兄弟鼎力相助。」

聽到祂的請求，黃金困惑地豎起耳朵。

「兄弟當真無動於衷嗎？西方也一樣慘不忍睹吧？難道要眼睜睜地看著主公的身體一天天地被殘害，放任人類繼續猖獗嗎？精靈告訴我，如今奉祀神明的凡人寥寥無幾，凡人只會自私自利地許願，汙穢神社……西方的兄弟不也因為力量削弱而處處受限嗎？」

「話是這麼說……」

「求求祢了。」

祂拖著不聽使喚的身體叩了個頭，平放的雙手指尖在顫抖。的確，思及蝦夷與朝廷爭戰的奈良時代至平安時代年間的情況，神明的威嚴在現代可說是蕩然無存。在那個年代，祈神拜佛是政事的一環。黃金也是過來人，深知祂的心情。可是……

「東方的兄弟，我們的任務是守護大地，然而主公隱遁的最大理由，卻是增添人口，促使凡人發展。對於祢所說的，我雖然心有戚戚焉，但現在的人世絕非一無是處。」

不知何故，腦中浮現了良彥的臉龐。黃金眨了眨眼。為何會在這時候想起他？

「祢是怎麼了？西方的兄弟……從前的祢可不會如此維護人類啊！」

東方的兄弟抬起臉來，用求助的目光看著黃金。

「我並不是維護人類。如果祢說什麼都要這麼做，至少先請示過主公再說。」

「主公什麼也不說！我已經問過好幾回，為何選在這時候讓我醒來，可是換來的只有沉默！」

「祂的沉默帶有什麼含意，正是我們必須思考的。」

「思考？」

祂嗤之以鼻，說道：

「思考又有何用？沉默就是沉默。還是祢認為主公已經捨棄了我？」

「不是的。」

黃金壓低聲音，盡量避免刺激兄弟。祂才剛從漫長的沉眠之中醒來，再加上力量衰弱，想法變得十分極端；只要冷靜以對，祂一定能夠恢復正常的。

「西方的兄弟，祢變了。從前的祢無論撼動大地或枯朽草木，都是在所不惜。」

東方兄弟的聲音變得低沉了些。

「可別說祢忘了。祢明明也和我一樣，對人類的生活充滿興趣。」

「我？」

「祢比誰都想知道人類是懷著什麼感情與感覺而活。愛護人類的是祢。」

東方的兄弟一臉悲傷地瞪著黃金說道：

「可是祢卻殺了他們。」

黃金屏住了呼吸。

一瞬間，各種景色與人們的臉龐閃過腦海。恬靜的田園風景、山脈的稜線、田間小路，以及從村落裊裊上升的炊煙。黃金試著回想是哪裡的景色，可是記憶宛如蒙上了一層紗，怎麼也抓不住。

「對，沒錯，祢說殺就殺！即使心靈相通，祢還是冷酷無情地奪走了他們的生命！」

東方的兄弟突然激動地叫道，豎起全身的鱗片。

「到頭來，祢也和那傢伙一樣！」

「等等，兄弟！」

黃金全身毛髮倒豎。當祂察覺危機時，已經太遲了。

瞬間化為巨大龍頭的東方兄弟無視黃金的呼喚，將祂一口吞進肚子裡。

「……這下子，這下子一定……」

祂抱著脹大的肚子，氣喘吁吁地喃喃自語。吸收了西方兄弟的力量以後，這個身體就會靈活些了。祂千辛萬苦地挪動身軀，倚著塚石閉上眼睛。還需要一段時間才能合而為一，在那之前祂必須稍事休息。

「若能入夢，但願能重見當年的景色……」

在腦海裡鮮明重現的，是在孩子們奔馳的原野上綻放的淡青色花朵。

二

技藝高超的刀匠傳聞各地皆有。

某某刀匠打造的刀削鐵如泥，不因鮮血而生鏽，不為油脂而蒙塵，冷冽的刀身一照日光便熠熠生輝云云。刀是力量的象徵，也是戰爭的工具，有這樣的傳聞，對於刀匠而言是種榮耀。

而福萬呂的師父，同時也是父親的天石更是名震朝廷的名刀匠，由於具備異於常人的技藝與風貌，甚至有人稱呼他為仙人。他原本和長男一起在官營的鑄鐵場工作，直到十年前才以年邁為由退休，之後只打造供奉神佛的刀。都城時有官員親自前來請託天石打刀，但他總是以體力衰退為由回絕。事實上，天石已經年過六十，在這個時代，如此長壽的人相當罕見，這也是他被稱為仙人的理由之一。只不過，饒是天石，這陣子也身體欠安，握不住鎚子了。

結束當天的工作，福萬呂熄了爐火，突然聽到外頭傳來的聲音，便從打鐵舖探出頭來查看。天色已經快黑了，村裡的小孩卻一面高聲歡呼，一面跑向某處。福萬呂循著他們的去向望去，不禁張大了嘴巴。映入眼簾的是個彪形大漢，就算隔著衣服也看得出他的筋骨有多麼結實。他穿的是這一帶少見的錦衣華服，應該不是郡司底下的人，而是都城的人吧！從裹著髮髻的頭巾裡露出來的頭髮在夕陽照耀之下閃耀著金色光芒。他將撲上前來的小孩扛在肩上玩耍，動作意外地輕柔。身旁有個看起來比他年輕幾歲的男人，被孩子們巴著不放。

「那是……」

福萬呂對那個男人有印象。他正要開口呼喚，而彪形大漢先一步察覺了他。

「這裡是刀匠天石的打鐵舖沒錯吧？」

男人的目光就像蒼鷹一樣銳利，卻又有股不可思議的親和力。

「是、是的，沒錯……」

「你就是天石嗎？」

「不，天石是家父……」

「那令尊在嗎？」

男人始終一派爽朗。

「我想請他打一把刀。」

福萬呂困惑地抓了抓頭。雖然對方似乎是達官貴人，但父親應該不會答應他的要求。再說，沒透過郡司，而是私自前來打鐵舖下單，也有些可疑。別的不說，持有非官府配給的刀劍是明文禁止的。

「……很、很抱歉，家父……」

「已經不打刀了。」

福萬呂話還沒說完，父親便從屋裡現身了。他年輕時受過傷，右腳行動不便，必須拄著拐杖才能行走，青筋浮現的手臂微微地顫抖著。

「我原本就行動不便，年紀大了以後，身體更是不聽使喚了，要打刀著實有點困難。」

「哦？我還以為只能拜託你呢！」

男人並不怎麼驚訝，目不轉睛地打量父親。

父親低頭請求對方見諒。

「除了我以外，這個打鐵鋪裡還有許多技藝高超的刀匠。若是您不嫌棄，小犬也可以效勞。」

「我是很想這麼做……」

男人興味盎然地交互打量福萬呂與父親，說道：

「我要的刀雖然是用於戰事之上，但並非要用來殺人。」

聞言，父親驚訝地抬起頭來。

「而是要用來救人。這把刀是要拿來對神明立誓的。」

倏然醒來的男神確認自己身在熟悉的神社之後，鬆了口氣。祂把手放到額頭上，發現全是汗水。男神坐起身子，嘆了一聲。祂原以為自己已經忘了那一天發生的事，原來還記得一清二楚，甚至連作夢都會夢見。

打開神社大門一看，尚未天亮的天空染上了淡淡的色彩。再過不久，太陽便會東升，梅雨季節剛過的夏日天空想必會是一片蔚藍吧！

男神綁起及肩的頭髮，輕撫腰間的佩刀。那把刀的刀身比太刀短，柄頭猶如蕨類的嫩芽一般大大彎曲，雕成了龍頭形狀；柄身並未套上柄木，而是直接用樹皮纏綁。刀鞘上了黑漆，除了保護前端的金屬配件與佩掛腰間用的護環以外，沒有多餘的裝飾。這把刀並不是用來戰鬥，而是用於清除山上樹枝或肢解野獸等生活雜務之上，和他熟悉的官府配給品完全不同。

一如以往，一成不變的一天又開始了。

雖然被當成神明與英雄奉祀，但是他心中的陰霾自那一天以來從未消散過。

⛩

這座神社坐落於宮城縣的某個小台地上。台地與東南方的多賀城以古道相連，可以俯瞰從前朝廷軍入港的港口。多賀城是朝廷為了統治蝦夷而設的軍事據點之一，也是陸奧國的國府所在地；久而久之，這座神社便開始奉祀起武神來了。

「經津，關於下次的祭祀——」

這一天，身為主祭神的建御雷之男神與經津主神一同造訪了這座帶有海水味的神社。奉祀這兩尊神明的神社遍布全國各地，這裡也是其中之一；只要有凡人祭祀，祂們便會全年無休地巡視。

「恕我失禮，建御雷之男神老爺，祭祀固然重要，但現在還是先確認那件事比較好吧？」身穿黑衣、正襟危坐的經津主神將身子轉向主人。

「各地都有消息傳來。」

「我知道。祂大概醒了，這一點錯不了。」

建御雷之男神深深地吐了口氣，視線垂落至地板上。在東北地方沉眠的荒脛巾神的氣息日益濃厚。身為蝦夷之神的祂和身為朝廷守護神的建御雷之男神等神明可說是處於敵對立場，雖然神明之間並未發生爭戰，但是對於深愛蝦夷的荒脛巾神而言，建御雷之男神應該是憎恨的對象吧！祂在國之常立神的安排之下進入沉眠以後，已經過了一千兩百多年；現在醒來，不知有何意義？

「不過，對方也是神明，而且是國之常立神的眷屬，就算醒了又如何？祂依然是東方大地的守護神。」

「話是這麼說……」

經津主神依然難以釋懷，繼續說道：

「精靈全都是一副害怕的模樣，令人憂心。就算東方的黑龍再怎麼神威顯赫，會讓精靈畏懼至此嗎？從前祂應該很受精靈愛戴才是。」

建御雷之男神突然抬起頭來。見狀，經津主神以為祂在催促自己說下去，便又繼續說道：

「我認為該盡快調查究竟發生了何事——」

「不必了。」

建御雷之男神凝視著入口，斷然說道。

祂的背上暗自起了雞皮疙瘩。

境內設有結界，也有眷屬與精靈看守，卻直到對方已經近在咫尺才驚覺。

「祂似乎親自上門了。」

經津主神猛然回頭。

只見入口的竹簾另一頭有道黑影。

「我可以進去嗎？」

一道細微的聲音詢問，經津主神一臉緊張，再次望向主人。

「無妨。進來吧！」

建御雷之男神同意了，神色絲毫未變。

只見白皙細長的手指悄然伸出，緩緩地掀開了竹簾；隨即，一道身影無聲無息地滑入，踏上了地板。

「久違了，兩位武神。」

白皙如雪的肌膚與烏黑的長髮，苗條的身軀穿著帶有獨特花紋的蝦夷裝束。

「荒脛巾神……」

經津主神靜靜地輕喃。祂的氣息確實是荒脛巾神，呈現的卻是從未見過的女神面貌。不過，除了荒脛巾之名以外，祂還擁有許多土著神的名字，每次見面樣貌都不同，倒也不足為奇。

「祢醒了？」

「我似乎睡得太久了。」

「用不著專程前來，我也會去找祢。」

「哎呀，感謝祢的好意。」

荒脛巾神以袖子掩口，格格地笑了起來。建御雷之男神可以感受到身旁經津主神的緊張，而原因建御雷之男神也很清楚。荒脛巾神的身上帶有一股難以言喻的細微異樣感。照理說，即使一千多年未見，神明的氣息應該也不會有所改變才是。

這真的是荒脛巾神嗎？

這樣的疑惑閃過腦海。

「我只是覺得總不能一直要祢留守，所以才來的。」

荒脛巾神掀起紅唇，微微一笑。異樣感變得越發強烈了。那抹鮮豔的紅色引發了建御雷之男神的警戒心。

「祢說的留守，是什麼意思？」

為了避免讓祂察覺自己的這般心思，建御雷之男神故作平靜，如此詢問。

「哦？原來建御雷之男神也會說笑啊！」

荒脛巾神抖動肩膀，吃吃地笑了起來，並將漆黑的眼眸轉向建御雷之男神，問道：

「這座神社的祭神是誰？」

黯淡無光的眼眸中不帶任何笑意。

經津主神豎起單膝，搶在建御雷之男神前頭反問：

「祢在說什麼？這座神社的左宮奉祀的是建御雷之男神老爺，右宮奉祀的是我經津主神，這是眾所皆知——」

「劍神啊！」

荒脛巾神打斷經津主神，淡然問道：

「祢是在說哪個年代的事？」

「哪個年代？」

經津主神困惑不已，將視線轉向主人。建御雷之男神平靜地凝視著荒脛巾神。

「——這座神社位於中央政要往來之地，久而久之，便開始奉祀鎮守陸奧國的武神；不過，經歷了幾場大火之後，史料所剩無幾，關於祭神眾說紛紜，沒有定論。後來，仙台藩第四代藩主伊達綱村在多番考據之後撰寫了緣起，並訂定左宮的祭神為建御雷之男神（武甕槌神），右宮為經津主神。」

荒脛巾神像個小孩一樣聆聽建御雷之男神說明，點頭附和；聽完以後，祂歪起頭來，再次問道：

「我說建御雷之男神啊，這是人類的見解吧？所有消失的歷史，我們神明全都知道，不是嗎？雖然也奉祀過武神或製鹽之神，不過追本溯源，這裡是——蝦夷的故里。」

祂的聲調變了。

「這座神社原本是用來奉祀蝦夷的祖先，是西方人民擅自更改的，甚至還興建了多賀城這座可恨的城池。」

一陣風呼嘯而起。以荒脛巾神為中心捲起的風猶如越過冰上而來一樣冰冷。

「祢要我們怎麼做？」

建御雷之男神始終一派冷靜地詢問。荒脛巾神所說的的確是事實，但那已經是千年以前的事了。在人間，神明因為凡人的方便而被代換，並不是什麼稀奇的事。

「交出這座神社。從現在起，這裡就是我的據點。」

「以這裡為據點，又有何用？祢的職責是守護東方，不能在此久留。」

「無所謂，這裡只是暫居之處。待『大改建』完成以後，就沒有用處了。」

聞言，經津主神啞然無語。

建御雷之男神強自克制激動起來的語氣。

「別說傻話了，『大改建』萬萬不可行！」

不對勁。

建御雷之男神再次仔細觀察荒脛巾神。祂雖然有過於偏袒蝦夷之處，但並非會突然說出這種話的神明。一旦大改建發生，住在日本的凡人便會滅絕。

「縱使不可行，我也要這麼做。我已經決定了。」

「為何現在突然動起『大改建』的念頭？」

「正因為是現在。」

荒脛巾神的冰冷聲音打斷了建御雷之男神的話語，響徹四周。

「現在的人間已經沒有我可愛的孩子了……美麗的花朵也不再綻放了……」

荒脛巾神雙眼迷濛地喃喃說道。祂的模樣怎麼看都不像是處於神志清晰的狀態。

「快清醒，荒脛巾神，身為眷屬龍的祢沒有孩子。花開花謝，轉瞬即逝，這不是天經地義的道理嗎？」

建御雷之男神的話才剛說完，便有一陣直可將人凍結的狂風迎面颳來。

「住口，住口住口住口住口住口住口！」

荒脛巾神像個損壞的玩具一樣反覆說道，又倏然閉上了嘴巴。同時，風也止息了，靜得足以聽見呼吸聲的沉默隨之降臨。

「破壞勢在必行。」

不久後，荒脛巾神喃喃說道：

「必須破壞一切，重新打造理想的世界。」

荒脛巾神一臉懷念地望著自己的雙手，不知想起了什麼。

「這是國之常立神的旨意嗎？」

建御雷之男神詢問，荒脛巾神回過神來，將視線轉向祂。

「祂若是反對，早就來制止我了。」

「西方的金龍呢？」

經津主神微微拔出悄然顯現的神刀。不過，這不是祂能夠匹敵的對手。阻止得了荒脛巾神的，大概只有祂的兄弟了吧！

「兄弟也說了一樣的話，認為萬萬不可行。果然是中了西方的毒。」

「祢和祂見過面了？」

「見過了。我請祂助我『大改建』，可是祂不願意。說穿了，祂只是個不懂母親傷痛的冷血動物。」

荒脛巾神面露冷笑，說道：

「怎麼也說不聽，所以我就——吃了祂。」

蛇一般的長舌舔了嘴邊一輪。

「現在已經成了我的一部分。」

「祢竟然……怎麼可能！」

經津主神叫道。經津主神與建御雷之男神和那尊狐狸模樣的神明緣分匪淺，知道祂絕不會輕易屈服。

「我可沒說謊。就讓祢瞧瞧吧！」

荒脛巾神輕啟朱唇說道，白皙的臉蛋上白眼一翻，一頭仰倒下來。只見祂的胸口高高隆起，鼓脹欲裂；隨即，一顆巨大的龍頭穿透單薄的皮膚出現，脖子也從體內緩緩推擠而出，黑色鱗片覆蓋的龍頭旁邊另外有顆長在分岔脖子上的金色頭顱。大樹般的角，象徵正統眷屬龍的五根鬍鬚。

雙眼的顏色是絕不會錯認的黃綠色。

「黃金兄……」

建御雷之男神的喉嚨深處發出了呻吟聲。怎麼會發生這種事？這麼一來，制衡的力量便不復在了。

東方的黑龍與西方的金龍。

雙龍相互制衡，相輔相成。

「剛醒來時，我奄奄一息；多虧了西方的兄弟，現在力量源源不絕。說歸說，西方兄弟的力量似乎也衰弱不少，大不如從前了……」

面對化為雙頭龍的荒脛巾神，經津主神不知所措，茫然呆立。荒脛巾神確認似地動了動自己生有巨大爪子的手，振動鱗片。

「好了，建御雷之男神。祢是要交出這座神社？還是要試著在這裡阻止我？」

黑龍的赤眼捕捉了建御雷之男神。

武神抿起嘴唇，回瞪著那雙眼睛。

三

「每年除了週休二日制的一百二十二天例假以外，還有特休假、婚喪假、暑假及年假。一年發兩次獎金，加薪一次。當然，社會保險也相當完善，提供宿舍或勞工住宅，還有勞工儲蓄制度、育嬰留職停薪、縮短工時制度與照護留職停薪。交通津貼、平日加班費、假日加班費、夜勤津貼和證照津貼就更是不用說了。」

八月的第一天打工結束以後，良彥從三浦手上拿到了員工升格的詳細資料。

「看了這些資料，才知道我們公司其實是良心企業。」

三浦一面對良彥說明，一面讚嘆。仔細想想，確實沒聽他提過加班加到很晚之類的話題。

「營業和現場的薪水多少有點差距，不過其他條件幾乎都一樣。」

良彥一面聆聽三浦說明，一面瀏覽資料，心中五味雜陳。對於曾有過打工族資歷的人而言，這確實是絕佳的轉行條件。

「九月下旬有面試，可以在這個月內給我答覆嗎？哎，表面上說是面試，你是所長推薦的，其實只是打個照面而已。」

「啊，好，我知道了。」

良彥露出一如平時的笑容，向三浦道過謝以後，前往更衣室換衣服。

「你在猶豫啊？」

當良彥拿著資料坐在更衣室的長椅上發呆時，突然有人跟他說話。良彥連忙放下資料，慌慌張張地回頭。

「遠藤！」

「辛苦了。」

「你怎麼會在這裡？」

「今天來這裡支援晚班，好像有人臨時請假。」

說著，他從自己帶來的托特包裡拉出了連身工作服。
「我覺得萩原先生很適合當正職。」
「等等，你怎麼知道這件事？這件事對其他人不是保密的嗎？」
「是三浦先生親口跟我說的。他說他想推薦你當正職，問我有什麼看法。」
「咦？」
對喔！仔細一想，遠藤也是不折不扣的正職員工，而且有段時期曾和良彥搭檔工作，三浦會徵詢他的意見也是很自然的。
「是有什麼當計時人員比較好的理由嗎？」
經他這麼一問，良彥不禁支支吾吾。倘若回答這樣才可以自由運用時間，他八成會繼續追問自由運用的時間要拿來做什麼事吧！總不能告訴他自己在當差使。
「我同時兼了兩份工作……」
左思右想之後，良彥擠出了這樣的答案。
「另一份工作也做出興趣來了……」
「薪水很高嗎？」
「不，光論薪水的話，這邊的比較高……」

「那就沒有猶豫的餘地了吧？」

換上連身工作服的遠藤斷然說道。

「兩邊都繼續做就行了啊！我們公司又不禁止副業。」

「嗯，是啊……」

良彥抱頭苦惱。沒錯。到頭來，為了將來著想，他只有這個選項。然而，心底深處卻有道聲音反對到底，而他自己也不太明白理由是什麼。

離開打工地點，前往車站的路上，良彥為了躲避盛夏的陽光，淨挑陰影處行走。他想跟黃金說轉正職的事，可是黃金還沒回來。那天目送祂離去以後，已經過了五天了。

——你見過金色的神明嗎？

良彥和如此詢問的白狐在那之後並沒有見面，不過聽說祂常去找穗乃香討食物吃。祂正在尋找的西方金龍似乎就是黃金，這件事大地主神也承認了。黃金化為狐狸棲身於大主神社的末社，是在江戶時代以後；在那之前，祂似乎是金龍的模樣，居住在西日本各地的山林裡。

「平安時代，祂被稱為金神，受人畏懼。祂的作祟禍延七個家人，倘若家人不足七人，便會殺鄰居充數，毫不容情，對於凡人而言，是十分可怕的神明。然而，到了近世，金龍扮演的角色改變了，現在幾乎都把事情交給天照太御神娘娘的眷屬打理，所以祂才能在四石社悠然隱居。」

聽了大地主神的這番話，良彥一時間實在難以置信。他認識的黃金是尊有點嘮叨、對科學文明興味盎然、搭乘交通工具時一定要坐在窗邊、愛吃人類食物的狐神，他從沒想過以前的黃金會是另一副模樣。

「身為西方守護神的金龍與身為東方守護神的黑龍之間若有宿怨，也不足為奇。朝廷軍從金龍守護的西方土地進攻黑龍守護的東方土地，深愛蝦夷的黑龍想必難以忍受。事實上，得知蝦夷戰敗的黑龍確實失去了理智，撼動大地，試圖直搗西方，所以國之常立神才會強制讓祂陷入沉眠。」

聞言，聰哲輕喃：「原來發生過這樣的事啊！」縱使曾經活在同一個時代，當年的祂還是凡人，無從得知神明之間的恩怨。荒脛巾神的甦醒似乎也令祂大為震撼，祂並未拜訪良彥家，便直接返回枚方了。

「那條黑龍，荒脛巾神醒了……」

良彥仰望天空。

黃金或許是去找兄弟，去找黑龍了。

雖然沒有任何明確的證據，但良彥有這種感覺。黃金確實一直關注著荒脛巾神的慟哭引發的地震。

「也不在這裡……」

回家的路上，良彥順道去了趟大主神社，造訪與黃金相識的地點四石社。然而，那裡同樣沒有黃金的身影。倘若黃金是去找兄弟，良彥沒有置喙的餘地；只不過，大地主神所說的兩神之間的宿怨令他有些擔心。

「良彥先生。」

一道熟悉的聲音呼喚著茫然呆立於四石社前的良彥。

「穗乃香。」

終於開始放暑假的穗乃香從鳥居的方向走來。

「黃金老爺回來了嗎？」

「還沒。我來看看祂有沒有在這裡，果然不在。穗乃香呢？怎麼會跑來神社？」

「老實說，我也有點擔心……」

穗乃香抬起視線，似乎在凝望良彥看不見的事物。

「今天大主山的精靈鬧哄哄的，還有各種不同的氣息，讓人坐立不安。我還以為是黃金老爺回來了……」

原來不是。穗乃香失望地垂下肩膀。見狀，良彥露出了苦笑。黃金好歹也是神明，即使知道擔心祂並沒有意義，得知有人和自己一樣關心，良彥還是滿懷感激。

難得來一趟，兩人決定去社務所打聲招呼以後再回去，便走向通往境內的石階。此時，穗乃香突然停下腳步，視線筆直地注視著石階上方。

「怎麼了？」

良彥循著她的視線望去，但石階上空無一人。

「……大國主神老爺。」

聽見穗乃香如此低喃，良彥猛然轉頭，再次望向石階，而穗乃香幾乎是在同時開口說道：

「啊，祂逃走了。」

「為什麼？」

良彥跑上石階，追趕看不見的大國主神。良彥看不見祂，代表祂不是來找良彥的。祂來找良彥的時候，總是會讓良彥看見祂。

「慢著，大國主神！祢幹嘛逃跑啊！！」

良彥爬到石階上方之後，穗乃香的聲音隨即飛來：「右邊！」良彥立即轉向右邊，卻看見不知從哪兒跑出來的大地主神牢牢地抓著某樣東西。

「轉個身就不見影子，是想跑到哪裡去？」

大地主神對著良彥看不見的東西怒斥。

「鬼鬼祟祟的，到時候連祢都有嫌疑！」

「大、大地主神？」

穗乃香追上了良彥，大地主神也轉過視線，但雙手依然牢牢地抓著那樣東西不放。

「直覺真靈，不愧是差使和天眼女娃兒。」

大地主神有些尷尬地皺起眉頭。

「好可怕的直覺……沒想到會撞個正著……」

就在良彥眨眼的瞬間，被大地主神牢牢抓住衣服的大國主神現出了身影。

「是穗乃香用奸招。如果只有良彥，我就躲得掉了。」

「祢是做了什麼不能讓我看見的事嗎？」

「這個嘛……也可以這麼說。」

大地主神終於放開了手，大國主神立刻整理衣服。

「神明也有許多不便讓凡人知道的事。」

大國主神意有所指地說道，重新將視線轉向良彥。

「說到這個，你是來做什麼的？」

「還能做什麼？黃金已經出門五天了還沒回來，我是來看看祂有沒有回這裡。我們剛才才說好要順便去社務所打聲招呼再回家。」

聽了良彥的說明，大國主神和大地主神互相瞥了一眼。從大國主神的反應看來，祂似乎也知道其中緣由。

「黃金老爺回來了嗎？」

穗乃香在良彥的身旁問道：

「今天一直鬧哄哄的，讓人坐立不安，所以我才來看看情況……」

大地主神露出欲言又止的表情，最後還是閉上了嘴巴，垂下眼睛。見狀，大國主神嘆了口氣，開口說道：

「瞞著他們，事後反而比較麻煩。」

「可是，這件事不該輕易對凡人透露……」

「話是這麼說沒錯，可是都到這個節骨眼了，要瞞也瞞不下去。」

聽了兩神的對話，良彥皺起了眉頭。

「祢們在隱瞞什麼？」

聞言，兩神互使眼色。

「是黃金的事嗎？」

冷汗沿著良彥的背部滑落。

「……我個神認為該告訴良彥和穗乃香比較好，不過這不是我們能夠作主的事。」

最後，大國主神如此說道，將視線轉向大地主神。

「帶他們到上頭去，由上頭決定。這樣就行了吧？」

面對這個問題，大地主神吐了口氣，點了點頭。

⛩

平時，大主神社的大天宮是採取從中門參拜本殿的形式，一般香客不能穿越中門入內；平日遊客稀少，可以在大主山的寂靜之中靜心參拜。然而，大國主神卻毫不遲疑地穿越了中門，良彥與穗乃香只能隨後跟上。大國主神隨即回過神來，拍了良彥的背部一下；瞬間，眼前的景色倏然一變，只見本殿周圍多出了錦衣華服的男神、身披鳥羽的女神、雪白的巨大山豬、鮮豔奪目的蝴蝶與往來穿梭的五色光球，全都在竊竊私語。

「這些都是神明？」

良彥一開口，說話聲便戛然而止，視線一齊往他身上集中。是人類。是差使。這樣的輕喃聲傳來，說話聲又漸漸淹沒了現場。良彥感到有點不自在，抓了抓臉頰。

「進入結界的期間，我讓你也看得見神明，不然不方便。」

大國主神似乎看穿了良彥的心思，如此說道。就在他們正要前往本殿時，一尊男神擋住他們的去路。以人類來說，祂大約是國高中生年紀，五官仍留有少年的稚氣，身穿帶有奇妙光澤的淡綠色衣服，腰帶是以植物的藤蔓編織而成的。

「你帶這些凡人來做什麼？」

祂對大國主神投以責備的目光。

「該不會是打算帶他們進本殿吧？」

「就是這個打算。良彥是差使，穗乃香有天眼，與方位神關係匪淺。」

「你要把那件事告訴這些凡人？」

「我正是要請示此事。」

「我反對。」

男神立即說道：

「不該把凡人扯進這件事裡來。」

話還沒說完，贊同男神的眾神便開始往祂的身後聚集。祂們有的以植物為髮，有的身穿猶如紅葉轉印而成的鮮豔衣服，充滿了特色。良彥不知道祂們是何方神聖，大概是掌管這些事物的神明吧！聚集而來的七神全都對大國主神投以責難的目光。

「大國主神未免太任性妄為了吧？」

「扔下會議消失無蹤，沒想到竟是去帶了差使前來。」

「先不談別的，祢為何與差使一起行動？」

「祢從來都不是差事神吧？」

「和祢扯上關係，這些凡人也會被拖下水，這點祢不明白嗎？」

「即使身為差使、擁有天眼，畢竟是凡人，不該牽涉神明的問題。」

「神是神，凡人是凡人，分際要拿捏得住。」

眾神群起攻之，饒是大國主神，也不由得語塞。良彥與穗乃香在祂身後尷尬地縮起身子。

若是眾神直接開口叫他們別入內、快離開，或許良彥還比較好受。他痛切地感受到並非所有神明都歡迎自己。

「呃……」

良彥同情無力招架的大國主神，正要開口說話時，一尊身穿黑衣的神明從本殿中現身了。

「我還在想外頭怎麼吵吵鬧鬧的，原來是爾啊！」

祂那分不清是男神或女神的容貌依舊美麗，但是模樣卻與良彥記憶中的有所不同，良彥不禁瞪大了眼睛。

「經津主神，祢的頭髮怎麼了？」

良彥還記得那頭高高束起的烏黑秀髮。然而，現在的經津主神頭髮卻短得只可勉強蓋住耳垂。

「不……這是……馬上就會復原了，用不著放在心上。」

「復原？頭髮嗎？」

「只是力量使用過度而已。」

「為什麼？」

「為、為什麼……」

經津主神慌了手腳，支支吾吾；此時，祂那身穿白衣黑袴的主人從容不迫地現身於門口。

「建御雷之男神……」

「久違了。」

祂笑道，右臉頰上有個大大的燒傷痕跡，從袖子底下露出來的右手上也有同樣的傷痕。見狀，良彥心中的不安一口氣膨脹起來。建御雷之男神是奉天照太御神之命下凡的武神，成功迫使大國主神禪讓；這樣的神明負傷的事實，讓良彥感受到一股動盪不安的氛圍。

「建御雷之男神，大國主神未經許可，就自作主張把凡人帶來了。我認為就算是差使，不，正因為是差使，現在更不該來這裡。祢以為呢？」

起先擋住大國主神去路的男神轉向建御雷之男神問道。

「所以啦，我就是為了徵求許可才帶他們來的啊！」

大國主神喃喃說道，男神惡狠狠地瞪了祂一眼。

「那祢就該先徵得許可之後再帶人來！還是祢認為只要徵得建御雷之男神的許可就夠了？不用徵詢齊聚於此的其他眾神的意見？」

男神越說越激動，背後的女神輕輕地將手放到祂的肩膀上制止祂。然而，其他眾神雖然沒說出口，也都對建御雷之男神露出不滿的表情。

「良彥先生，我還是到外面去好了……」

「等等。」

察覺氣氛不對勁的穗乃香打算離開，而良彥制止了她，做好覺悟，轉向建御雷之男神。

「建御雷之男神，還有，呃，抱歉，不知道叫什麼名字的神明，大國主神帶我們來這裡純粹是出於好意，我只是搭便車而已，想說或許可以得到黃金的消息。我一直很擔心祂……」

圍觀的眾神竊竊私語。凡人擔心神明？這樣的失笑聲傳入耳中。其中，繫著藤蔓腰帶的男神抿起嘴唇，看著良彥。

「建御雷之男神，祢受的傷和黃金有關嗎？」

經津主神不安地仰望被如此詢問的主人。

「大國主神，祢對他們兩人透露了多少？」

建御雷之男神沒有回答良彥的問題，而是將視線轉向大國主神。

「我什麼都還沒說。我不知道能不能說，才帶他們來的。如果祢反對，就消除他們的記憶，讓他們回去就行了。直接和那尊神照面的是祢，祢有權決定。」

大國主神泰然自若地回答，在場的眾神又是一陣竊竊私語。

「建御雷之男神，拜託祢告訴我。」

良彥只能如此懇求。心中的不安變得越來越強烈了。

建御雷之男神閉目長嘆一聲，再次睜開眼睛，望著良彥。

「這件事無論對於眾神或是對於你而言，都不是愉快的話題。你做好覺悟了嗎？」

「建御雷之男神！」

男神與其他七神帶著責難之意呼喚祂的名字。

「我會親自跟須佐之男命說明的。所有責任，由我建御雷之男神一肩扛起。」

建御雷之男神低聲說道，聞言，男神懊惱地咬住嘴唇。雖然不知道是什麼緣故，自己似乎很惹對方討厭。良彥覺得有點傷心。他明明沒見過這尊神啊！

「不過，差使，還有天眼女娃兒，在這裡的所見所聞絕不可洩漏出去。事關眾神的顏面問題。」

「我知道。」

良彥堅定地點了點頭。不知不覺間，掌心冒出了汗水。

「進來吧！」

在建御雷之男神的催促之下，良彥等人踏入本殿之中。建築物裡十分寬敞，從小巧的外觀難以想像竟有學校的體育館那麼大。許多良彥從未看過的神明並排而坐；祂們察覺入內的良彥等人，竊竊私語聲隨即擴散開來。

建御雷之男神帶著良彥等人來到房間的最深處，示意他們坐下，而祂自己也在對側坐了下來；經津主神理所當然地隨侍在側，大國主神與隨後入內的大地主神則是坐在良彥和穗乃香身後。

「先回答你的問題吧！」

建御雷之男神重新望著良彥。

「這些傷是荒脛巾神造成的。祂強行奪走了奉祀我們的鹽竈神社，這就是當時所受的傷。」

聽了這番意料之外的話語，良彥大為困惑。非但如此，打傷祂的竟是荒脛巾神，黃金的黑龍兄弟。

「不知不覺間，連精靈和眷屬也落入祂的控制之中。我認為該先回來通風報信，便在神社設下結界，關住荒脛巾神，暫時交給鹽土老翁神看守。我們現在正在等候荒脛巾神的主子國之常立神出面，只是不知道能否如願。祂素來不問世事，希望可說是相當渺茫……」

建御雷之男神回顧自己身後的八腳矮桌。良彥不知道那尊叫國之常立神的神明要怎麼出現在擺放著鏡子與紅淡比的矮桌上，大概是附身在那些東西之上吧！

「荒脛巾神就是黃金的兄弟吧？祂幹嘛搶走神社？」

良彥詢問，建御雷之男神面色凝重地搜索言詞。

「祂生了心病。祂原本就有過於偏袒蝦夷之處，現在大概也是為了蝦夷而來吧！大和朝廷屢次遠征，奪走了蝦夷的土地，鎮壓蝦夷子民，將他們打為階下囚，從故鄉送往日本各地，而荒脛巾神要將這股怨恨發洩在現今的人世之上。之所以奪取鹽竈神社，也是因為那裡本來是蝦夷的土地。」

聞言，穗乃香語帶保留地問道：

「可是，這樣的事在歷史上並不少見吧？祂為什麼會這麼怨恨？」

對於穗乃香坦白提出的疑問，良彥也有同感。別的不說，神明可以在凡人之間選邊站嗎？他還以為神明擁有更寬廣的視角。

「熊襲之類的『逆民』例子確實不勝枚舉。荒脛巾神對於蝦夷為何如此執著，無人知曉……至少在場的眾神都不明白。唯一明白的是剛甦醒的荒脛巾神，老實說，神志並不清楚。」

如此述說的建御雷之男神顯得有些疲倦。

「…黃金應該是去找荒脛巾神了。雖然我不清楚，但我有這種感覺。」

良彥不由自主地握緊拳頭，如此說道。祂現在究竟在何方？

建御雷之男神沉默了一會兒以後，低聲告知：

「差使，黃金兄現在和荒脛巾神在一起。」

「在一起？你看到祂了？」

良彥忍不住反問。剛才建御雷之男神才說荒脛巾神強行奪走了鹽竈神社，莫非黃金當時也在場？

「祂想阻止祂的兄弟嗎？」

還是最壞的狀況，被當成人質？良彥詢問，而建御雷之男神直視著他，說道：

「黃金兄與荒脛巾神同化，成了雙頭龍，現在在鹽竈神社裡。」

「同化？」

「祂似乎試圖阻止荒脛巾神，雙方一言不合……荒脛巾神便吃掉了祂。」

「咦……」

良彥咦了一聲以後，就沒再說下去了。他愕然睜大的眼睛裡映出的是眉頭深鎖、雙目緊閉的建御雷之男神。經津主神也一臉沉痛地凝視著地面。

「祢是在開玩笑吧？」

良彥勉強擠出這句話。身旁的穗乃香用手摀住嘴巴，愣在原地。

「黃金被吃掉了？」

那雙黃綠色眼睛閃過了腦海。

「荒脛巾神是這麼說的。祂說多虧了黃金兄，祂現在充滿力量。而我和經津也親眼看見長在黑龍脖子上的金色龍頭。那確確實實是黃金兄，絕對錯不了……」

很遺憾。建御雷之男神低聲說道。沉重的沉默支配了四周。良彥喘不過氣，全身萎靡，幾乎快癱倒下來；他用手拄著地板，冷汗沿著脖子滑落。

「良彥先生……」

穗乃香一臉擔心地呼喚，可是良彥已經聽不見她的聲音了。

「荒脛巾神的目的是什麼？」

穗乃香代替腦袋停止運轉的良彥詢問。

「吃掉兄弟，奪走神社……祂到底想做什麼？」

聽著宛若從遠處傳來的穗乃香的聲音，良彥迷迷糊糊地思考。荒脛巾神憎恨大和與大和的神明，理由良彥多少能夠理解。不過，接下來祂打算做什麼？

面對穗乃香的疑問，建御雷之男神張開沉重的嘴巴。

「荒脛巾神打算引發『大改建』。」

「大改建？」

「沒錯。撼動日本大地，篩落凡人，以水、火、風加以淨化，重新建立國家。」

對於這套隱晦的說詞，一旁聆聽的大國主神插嘴補充：

「也就是引發大地震、火山爆發、颱風和豪雨，將凡人從國土上排除。換個說法，就是掃蕩凡人。試著想像一下，只要一場地震，就可以輕易瓦解凡人的生活。經濟停擺，連明天的三餐都沒著落，再加上環境不衛生導致疾病大流行，比較虛弱的人就會開始死亡。在這種狀況之下，如果又來個海嘯和火山爆發，人口一下子就會少掉一大半，對吧？」

聽了大國主神的補充，穗乃香啞然無語。良彥想起了在歪斗秀上看到的模擬影片。假設日本發生七級地震的影片呈現出來的是活生生的地獄圖。若是神明刻意引發這樣的大地震，後果不堪設想。

「祂做得到嗎……？」

穗乃香戰戰兢兢地詢問，建御雷之男神面色凝重地點了點頭。

「國之常立神做得到，因為祂即是日本的大地。不過，這回的事是不是出於國之常立神的意志，不得而知。就算不是，身為眷屬的荒脛巾神應該也有近似的本領。事實上，打從祂復活以來，日本的地震就變多了，火山也開始活動，可見至少誘發是綽綽有餘。如今黃金兄變成那樣，能夠阻止荒脛巾神的只剩下祂的主子國之常立神了。」

「三貴子呢？天照太御神也做不到嗎？」

良彥終於擠出了話語。建御雷之男神的表情絲毫未變，回答：

「應該做得到，不過主子出面才是最保險的做法。說服總比動武來得好。現在三貴子也是採取等待國之常立神出面的方針，只是不知道祂肯不肯出面……」

「現在情況這麼危急，而且是自己的眷屬在搗亂，祂還不見得肯出面，是什麼意思？」

良彥也知道自己下意識地使用了責備的口吻，但他已經失去冷靜，無法自制。

「剛才我也說過，國之常立神即是日本的大地，祂的本質是毀滅與重生。祂扮演的角色是『見證者』，對於發生在日本——自己身體上的凡人或神明之間的紛爭，一向是不插手也不置喙，而是靜觀其變。祂將凡人交給天照太御神以後，便銷聲匿跡了，通常不會現身。」

建御雷之男神始終保持冷靜的口吻。

「可是現在情況不同吧！再這樣下去，黃金就沒救了，凡間也會變得亂七八糟——」

說到這兒，良彥突然感到一陣不安，打住了話頭。

救黃金？

他說出這句話時並未經過深思，黃金真的還有救嗎？

「國之常立神能不能……」

救黃金？這個問題良彥沒有問完。若是問了，就必須聽答案，而答案不見得如他所願。

「國之常立神十之八九不會出面之事，也已經成了議題，所以我們現在打算邀請三貴子前來，討論今後的方針。」

建御雷之男神刻意避開良彥的問題，如此說道。聽著良彥他們談話，眾神的竊竊私語聲變得越來越大；就在整個房間變得沸沸揚揚之際，突然有人高聲說道：

「莫非國之常立神其實默許這一切？」

聞言，良彥回頭望著列席的眾神。

「眷屬生了心病，這麼多神明齊聚一堂，希望祂出面處理，但祂依然沒有出面，一定有祂的理由。就算這不是祂該扮演的角色，也未免太不負責任了。至少該給個說法吧！」

「荒脛巾神畢竟是疼愛有加的眷屬，該不會國之常立神其實也想成全祂的心願吧？」

「事實上，建御雷之男神遇襲的時候，國之常立神也沒出面阻止。」

「兄弟被吃之事也很可疑。該不會根本是一夥的吧？」

「說不定一切都是國之常立神的指示。」

「莫非國之常立神也想『大改建』？」

此起彼落的眾神聲音在腦中迴響，令良彥一陣暈眩，呼吸也跟著急促起來，忍不住摀住胸口。大國主神察覺了他的異狀，把手放在他的背上；這個動作讓他的暈眩好轉了一些。

「其實剛才也為了這件事吵了很久，我就是厭煩了才偷溜出去。大家都變得疑神疑鬼，甚至還有神明認為或許該投靠荒脛巾神比較好。」

聽了大國主神的這番話，穗乃香悲傷地皺起臉龐。投靠荒脛巾神，就代表掃蕩人類也在所不惜。

「不過，說得也是……並不是所有神明都會保護人類……」

穗乃香喃喃說道。在現代，把神明當成雜工看待的是人類，而荒脛巾神的憎恨也是起因於人類。並不是所有神明都有愛護人類的理由。

良彥緊緊握住摀著胸口的手。

他不明白國之常立神有什麼打算，可是其他神明說黃金也是共犯，讓他忿忿不平。雖然沒有拿得出來的證據，但他認識的狐神並不是這樣的神明。

「你們在吵什麼？」

此時，一陣風從本殿入口吹了進來。那陣風在室內盤旋，穿過眾神之間，回到入口，拂動站在那兒的蒼藍貴神的衣服與頭髮之後，消散無蹤。良彥感覺得出混濁的空氣被一掃而空；在祂那壓倒性的存在感之前，眾神紛紛垂頭伏地。

「須佐之男命……」

良彥說出了男神的名字。不知幾時間，纏繞全身的不快感消失了。

「差使為何在此地？」

須佐之男命有些驚訝地瞪大眼睛。然而，祂隨即意會過來，轉過了視線。

「是祢嗎？大國主神。」

正想偷偷藏到經津主神身後的大國主神這才死了這條心，露出含糊的笑容。

「哎，我也是逼不得已……不過個神認為結果倒還不壞。」

聽了女婿的藉口，須佐之男命嗤之以鼻。

「這次的問題差使就算知道了也無能為力，更何況這根本不是差事，沒有他介入的餘地。」

須佐之男命每走一步，現場便傳來重低音般的震動。建御雷之男神讓出了上座，退到一旁；須佐之男命坐了下來，將眼睛轉向呆若木雞的良彥。

「差使，帶著天眼女娃兒離開吧！你繼續待在這兒也無濟於事。」

良彥無法反駁這句話。

的確，就算繼續待在這裡，身為普通人的自己也幫不上任何忙。

「可是，黃金……」

即使如此，良彥還是無法乖乖離去。他知道這不是差事，但不是這個問題。

他想設法救黃金。

然而，須佐之男命的神色絲毫未變，又重複了一次：

「這是神明的問題，凡人別插手。」

說完，須佐之男命舉起右手，一陣狂風突然從良彥的正面吹來。狂風捲起了良彥的身體，穿過入口，出了中門之後，便轉弱風勢，將他輕輕地放了下來。用手臂護著臉部的良彥坐起身子，只見沙塵的另一頭是和他一樣一臉茫然地跌坐在地的穗乃香。

「沒事吧？」

良彥呼喚，穗乃香回過神來，轉向良彥。

「嗯……沒事……」

良彥扶起穗乃香，確認彼此沒有受傷。須佐之男命雖然強制良彥他們退場，還是有顧慮到他們的安全。

從中門窺探本殿，只有門扉緊閉的八角形神社一如平時地佇立於寂靜之中。良彥索性穿過中門查看，但是並未看到眾神的身影，而穗乃香也一樣沒看見。雖然不清楚是什麼原理，這應該就是神明的結界吧！換句話說，他們被趕出來了。

「……可惡。」

良彥咒罵一句，打了中門的柱子一拳。他還沒理出頭緒來。

現在的自己能做什麼？

他連這一點都毫無頭緒。

「良彥先生……」

穗乃香略帶顧慮地呼喚垂頭喪氣的良彥。

「黃金老爺一定沒事的。而且，我相信黃金老爺並不想大改建。」

直到此時，良彥才濕了眼眶。

他反覆眨眼，設法止住淚水。

即使只是安慰，只是心願，他還是很感激穗乃香的這番話。

「……謝謝。」

他擠出笑容說道。不知何故，穗乃香代他流下了淚水。

四

有股燒柴的味道。

芳香又令人懷念的獨特氣味給黃金留下了深刻的記憶。裊裊上升的煙霧就像狼煙一樣，即使在遠處都看得見，讓祂知道今天瓦窯同樣在運作，鬆了口氣。要說為什麼——

為什麼？

思緒突然回到表層，黃金思索下文。自己打算說什麼？越是回想，記憶就越是淡去，化為白霧消散。四肢沒有感覺，只有意識宛如在溫水之中漂浮。

——喂，西方的兄弟。

黃金對呼喚自己的聲音產生了反應，將意識轉向聲音的來源。

——感覺如何？西方的兄弟。我們大概還需要一段時間才能合而為一吧！不過，我們原本就是一體，總會漸漸習慣的。

黃金迷迷糊糊地聽著遠處傳來的聲音。腦袋彷彿蒙上了一層霧，花了些許時間才理解這番話的意義。

——我已經成功奪回鹽竈神社了。雖然被設下了可恨的結界，等到和祢融合以後，要破壞易如反掌。正好給了我一段時間適應力量。

隨著這番話，以東方兄弟的視角所見所聞的記憶流入了黃金的腦海中。對峙的兩神黃金都有印象，卻想不起祂們的名字。

——好了，西方的兄弟，我們得趁現在著手準備『大改建』。要讓受苦的眾神在新的人世再度被奉祀，得留下一些人類才行。好了，該在國之常立神的背上留下多少人類？

聽著兄弟喜孜孜地盤算，黃金察覺自己的內心有股無法釋懷的感覺。然而，那種感覺似乎被某種事物阻絕，無法盡數傳遞至表層意識。

——東方的兄弟……

黃金用呢喃似的聲音呼喚。

——祢非要這麼做不可嗎？

黃金自己也不明白為何要問這個問題。祂一方面覺得東方兄弟想做的話去做便是，另一方面卻又想阻止祂。

聽了這個問題，東方的兄弟顯然大失所望。

——是因為祢長期協助差使，對人類多了憐憫之心嗎？

聽到差使這個字眼，黃金想起了幾個凡人的臉孔，卻不曉得他們是誰；記憶就在這樣的狀態之下流逝了。

——西方的兄弟，祢我將會共享記憶與痛苦，合而為一。我們之間再也不會有任何隱瞞，祢的記憶就是我的記憶。一旦『大改建』成功，差使就沒有用處了。

東方的兄弟愉悅地笑了。

——所以，想起祢的絕望吧！

溫柔的語調將黃金的意識導向更深處。

——想起與我的空虛交融的失落感。

黃金又產生了一股昏昏欲睡的感覺。祂很想放棄思考，沉入其中。

——祢是金神，素來不容許對神明不敬，毫不容情地殺了許多觸犯禁忌的人類。這才是祢的本色吧？

聞言，黃金的意識映出了從前的風景。那條沙塵飛揚的大路，是朱雀大路嗎？近觀人們的喧囂與生活，擁有各種神名的當年。

——那家人不也是祢殺的嗎？

燒柴的味道傳來。

從瓦窯裊裊上升的煙霧象徵的正是人類的生活。

⛩

啪噠啪噠！隨著輕快的腳步聲，一道氣息靠近，金龍睜開了眼睛。

從奈良都城北側的村落通往山上的道路一角有片陡峭的懸崖，懸崖前方並排著四塊大岩石；這些岩石原本是六角形石柱，歷經漫長的歲月風化，成了現在的形狀。最大的岩石直徑約有大人的一條手臂長，高約兩個大人份，最矮的則是有大人的腰部那麼高。人們時常在最矮的岩石上供奉供品，祈求五穀豐穰、闔家平安。然而，隨著歲月流逝，佛教自外國傳入，在此地祈禱的人數漸漸地減少了。

「三由、末，用跑的會跌倒喔！」

哥哥的勸誡聲傳來，但是兩道腳步聲的速度並未改變。

把下巴放在四塊岩上的金龍抬起頭來，靜待他們到來。不久後，在山路上奔跑的少年映入了眼簾。記得那是豬手的兒子三由，今年六歲。跑在後頭的是排行最小的長女末，在最後方看著兩人的則是長男乎麻呂。這三個人常常一起前來祈禱。有時候是父子一起來，有時候是母子一起來，而全家一同前來的情況也不少見。孩子們每天至少會來上一次，多的時候甚至三次。在村落，向四塊岩的山神祈禱已經是種「過時」的行為，人們的興趣逐漸轉移至寺院之上，附近經營瓦窯的村民也都對這裡不屑一顧，只有靠製作土器維生的豬手一家仍舊天天報到。豬手知道自己的行業得挖山砍樹，對他而言，這裡是不容忽視的祈禱之地。

「山神老爺，今天大家同樣是健健康康的，感謝祢的保佑。」

乎麻呂一如平時，奉上少許玄米和小米混合而成的包葉飯糰，在岩石前屈膝伏地。三由與末也有樣學樣，趴在地上，後來覺得不好玩了，便乾脆躺了下來。喂！哥哥輕輕地打了他們的屁股一下，他們發出了開心的笑聲。

「哥，我今天也帶了供品來。」

躺在地上的三由突然想起這件事，站了起來，從粗劣的布衣懷中拿出一朵紫色的小花。那是春夏之間開在他們家附近與田間小路的花朵，被喚作夏枯草，不知道是誰取的名字。把莖切開，吸吮花瓣根部，就能嘗到甘甜的花蜜。雖然量不足以果腹，但是在這個甜點要價不菲的年代，小孩嘴饞的時候，便會吸上幾口。

「都是因為你躺著，把花壓扁了。」

「可是還能吸花蜜啊！我挑了最甜的。」

「咦？好好喔～我也想要。」

末望著三由的手，嘟起嘴巴。

「等一下我摘給妳。」

三由和妹妹說好了以後，便把自己帶來的夏枯草放到乎麻呂供奉的飯糰旁邊。金龍面帶微笑地看著這一幕。無論是什麼形式，如此幼小的孩子對自己能有這番心意，令祂欣慰。

這次這個國家應該會變得更好吧！

完成第六度的「大改建」以後，國之常立神確實是這麼說的。這句話之中同時帶有對於秉持母性溫柔守護凡人的天照太御神的期許。國之常立神讓凡人居住在自己的背上，意識深深地下沉；有時，祂會飄然現身於地上，看著雙龍做事，又心滿意足地回去。即使凡人挖山填海埋河，改變大地的形狀，國之常立神也沒有動怒；因為凡人沒有忘記奉祀神明、慰勞精靈，知道自己是活在恩賜之下。也因此，只要凡人仍然持續祈禱，肩負守護大任的金龍便會一直保佑他們。

⛩

豬手一家住在以燒陶維生的村落裡。村裡的男人上山挖掘用來當材料的黏土，而女人使用黏土製作產品。除了祭祀時使用的埴輪以外，他們製作的主要是甕之類的儲藏用具、杯盤和甑；甕身繪有各家的獨特花紋，而豬手的妻子廣賣喜歡在側面畫上六角形。這種圖案象徵山神的守護，廣受好評，不少買主特別指定要加上這種圖案。三由喜歡看母親工作，只要有空，就會待在作業場裡，在地面上畫六角形玩耍。或許對他而言，這也是家人的印記。

生為三男的三由打從懂事以來便很崇拜二哥，總是跟在二哥身後。當時豬手的父親仍然健在，他是在雖不富裕卻很溫暖的家庭裡無憂無慮地長大的。然而，後來祖父與次男相繼因病過世，三由雖然還是個小孩，卻也感受到少了家人的寂寞。

「山神老爺，請保佑我們不再失去家人。」

大約從一年前開始，有時天還沒亮，三由便會造訪四塊岩。他小心翼翼地將沾有朝露的夏枯草放到岩石上，仿效父兄伏地祝禱。沒有夏枯草可摘的季節，他就會偷偷保留自己的部分飯菜，拿來供奉。

「請保佑我們全家都能永遠在一起生活。」

坐鎮於岩石上的金龍將他的祈禱聽得一清二楚，卻不能替他達成心願。金龍原本就不該替個人實現願望，更何況從呱呱落地的瞬間便步步邁向死亡的凡人根本不可能永遠在一起生活。

為何他要如此殷切祈禱？

金龍目送少年下山的背影，暗自思索。家人和兄弟是如此難分難捨的存在嗎？到頭來，死的時候還不是孑然一身？

據說凡人是根源神仿照自己的模樣打造而成的。金龍自己也是尊不折不扣的神明，但祂長得一點也不像凡人。如果祂和凡人相像，是否就能了解什麼？不，比起外貌，內心的情感有著更加決定性的不同。畢竟金龍沒有骨肉至親，國之常立神對祂而言，也只是該遵從的主人。

神與人有何不同？

對於這個問題，腦中立刻浮現了幾個答案，但全都是無法衷心接受的答案。

人類對於血親懷抱的愛情，是什麼樣的感情？

金龍迷迷糊糊地思考，升起的朝陽將祂染得一片通紅。

开

「祢太食古不化了。」

不知從幾時開始在都城周邊遊蕩的白狐，百般無聊地吐出啃到一半的草。

「神與人有什麼不同，不是一想就知道了嗎？」

祂用後腳搔了搔下巴，投以不耐煩的視線。

「這片大地確實是國之常立神的身體，但是神和凡人都一樣住在上頭；既然如此，就沒什麼不同了。大家都是天地萬物，好好相處吧！」

「不一樣。古時候姑且不論，在現在的人間，神與人是涇渭分明的。」

金龍一板一眼地回答，瞥了身旁的白狐一眼。

「祢太親近凡人了。再說，一個逃亡眷屬有什麼資格對我說教？」

「哈哈哈，對不住。」

白狐哈哈大笑，躺了下來。平時金龍鮮少下山，今天拗不過白狐百般相邀，才和祂一起到村落的河邊曬太陽。太陽的恩典對於眾神而言也十分重要。

「自由之身太美好了，不必叼著稻穗四處奔走，也不必對主子鞠躬哈腰、討上司的歡心，甚至睡上一整天都行。」

身為宇迦之御魂神眷屬的祂在逃亡之後替自己起了個名字，叫做「白（Haku）」。右眼周圍有道宛若歌舞伎妝的紅色花紋，正是身為宇迦之御魂神眷屬的證明。金龍也看過其他擁有同樣花紋的白狐，大概是祂的同伴吧！

「然後肚子餓了就靠供品果腹，是吧？」

金龍啼笑皆非，拍動鱗片，彷彿在嘆息一般。最近豬手一家放置的供品之所以消失無蹤，全都是被這傢伙吃掉了。自從金龍發現並略施懲戒以來，白便時常在祂的面前現身；起先白還會乖乖道歉，後來臉皮變得越來越厚，現在連對金龍說話都毫不客氣。金龍貴為國之常立神的眷屬，其他神明對祂無不敬重萬分；像白這樣說起話來大剌剌的，反而讓祂感到新奇又有趣。

「通常我發現逃亡眷屬，都會往上通報……」

金龍瞥了白一眼。眷屬若是逃亡，可不是光受宇迦之御魂神懲罰就能了事的，連上頭都會知道。

「等等等等等等！我就是說祢這一點食古不化！」

「身為神明，居然真的食用食物，實在荒謬。」

「其實挺好吃的耶！哎，不過，要是偷凡人的食物，未免太可憐了，所以我只偷供品。」

凡人的生活還沒有寬裕到戶有餘糧的地步，糧食的保存方式也有限；在這些有限的糧食之中，特地分出一些來當供品，這樣的誠心對於金龍而言，是最為可口的美食。

「凡人偶爾供奉的花朵也是甘甜可口。雖然不如蜂蜜，但是入口即化……」

「入口即化……」

「老百姓平時沒有甜點可吃，花蜜已經算是很貴重的東西了。我也是靠著花蜜撿回一條命的。」

什麼意思？金龍以眼神詢問，白用鼻頭指了指河川對岸。只見三由和末正在那裡塗鴉玩耍，算算時間，差不多要改玩捏泥丸子了。

「剛逃出來的時候，當然有追兵在找我。我不吃不喝，拚命逃跑，好不容易才逃到這個村子來。我在森林裡面徘徊，想多少恢復一點體力，而我就是在那裡遇上那個三男小兄弟的。」

這是白頭一次提起這件事，黃金聽得興味盎然。

「平時沒有天眼的凡人看不到我，可是當時我累壞了，很想睡，變得毫無防備，所以就被他看見了。哎，只有一瞬間就是了。」

小孩有時候會看見神明、精靈或其他不屬於人間的事物，長大成人以後，就會漸漸地看不見了；而三由似乎是個感應力較強的孩子。

「他嚇了一跳，拔腿就跑，後來好像看出我渾身無力，就分了一朵夏枯草給我，叫我吸吸看，說味道很甜，吃了就會有精神。聽他這麼一說，當然得試一試了，對吧？當時的花蜜真的好甜。」

白得意洋洋地說道。神明的糧食是凡人的敬意與感謝的祈禱，食用食物這種行為本身並沒有意義。白的疲勞應該是被三由奉獻夏枯草的心意消除的。

「三由以前也撿過山裡的小野狗回家，或許是想起當時的事了。」

「喂喂喂，金龍兄，祢是說他把我看成狗了嗎？」

「不是。我的意思是，他是個天性善良的孩子。」

金龍想起三由無法擱下和母狗走散的小狗，束手無策地站在四塊岩前的模樣。他雖然把小狗帶回家，可是家裡養不起狗，最後只好把小狗送養到瓦窯的村落。

「該說他善良，還是濫好人？哎，總之不是壞人就是了。」

白打直前腳，伸了個懶腰。河邊開始捏起泥丸子了。三由捏的不像泥丸子，反倒像是某種容器，大概是在模仿他母親工作吧！側面還畫上六角形。至於末，則是在捏著泥巴玩。

「祢也可以吸吸看夏枯草，反正凡人就供奉在那裡。」

金龍把白的這句話當成了耳邊風。

隔天早上，豬手一家一如平時，來到了金龍居住的四塊岩，放了份用大葉片包起來的玄米與小米飯糰。廣賣在山背國的弟弟前往都城行商的時候順道來訪，留了些小米，所以今天的飯糰比平時更大。而三由同樣從懷裡拿出了夏枯草，放在飯糰旁邊。這些東西大多會被山豬或鳥等動物吃掉，但金龍並不介意，因為就和三由送給白的夏枯草一樣，在獻饌擺好的瞬間，神明便會收到心意，至於被供奉的「物品」本身並沒有多大的意義。比起物品本身，神明重視的是凡人花了多少的勞力準備、帶有多少誠心；因此，傲慢的富豪供奉的鯛魚往往沒有天真無邪的小孩供奉的橡果來得有價值。豬手他們的誠心總是傳到了金龍心底。

豬手等人離開以後，金龍的視線停駐在他們留下的飯糰與花朵之上。

——祢也可以吸吸看夏枯草。

白的話語在腦中重新浮現，金龍看著供品，思索了片刻。祂從未想像過這些東西是什麼滋味。如果祂像凡人一樣嘗味道，是否就能多少了解凡人吃飯維生的生活？也能理解白所說的入口即化是什麼意思？金龍有點排斥吃飯糰，不過吸點花蜜應該無妨吧！就在祂如此暗想之際，一隻母猴帶著小猴從山上跑下來；牠們似乎肚子餓了，頻頻窺探金龍，徵求許可。

「無妨，吃吧！」

金龍回答，母猴開開心心地拆開了飯糰，抓著牠的肚子的小猴也叼起花朵，吸吮花蜜，但是很快就吸光了，又向母親討飯糰吃。母猴背起小猴，拿著剩下的飯糰離去，只留下包裹飯糰的葉片、幾顆散落的飯粒與花蜜被吸個精光的花朵。

「嗯，還是成為野獸的糧食最為妥當。」

金龍喃喃說道，把下巴放在岩石上。雖然祂可以出於興趣食用食物，但是也有生命需要靠這顆飯糰維持。

「我居然會迷惘，看來我還不到家——」

「哎呀呀，金龍兄！」

就在金龍自虐地閉上眼睛時，熟悉的狐狸聲音打斷了祂的思緒。白輕盈地爬上了岩石，在金龍的鼻頭前露出了賊笑。

「之前瞧祢一副興趣缺缺的樣子，結果祢還是吃啦？」

聞言，金龍才察覺白誤會了。

「那顆飯糰是剛才有隻母猴帶著小猴——」

「好了、好了，不用這麼難為情嘛！」

「我不是難為情！」

「只不過吃相有點難看。飯粒掉了一地，這樣負責打掃的凡人太可憐了。祢也吃得優雅一點嘛！」

「我說了，不是我吃的！」

「是、是，就當作是這樣吧！」

白哈哈大笑，逃之夭夭。失去辯解機會的金龍只能茫然地目送祂的背影離去。

开

身為逃亡眷屬的白似乎很中意金龍棲息的山地，把這座山當作睡鋪，白天則是跑去山麓的村子裡玩。祂有時會來找金龍閒聊，說哪家的小孩會走路了、臥病在床的某某人痊癒了、誰去採野菜時跌倒了、某對男女其實是兩情相悅等等。倘若只有這樣，金龍大可以當成耳邊風，但自從白開始去村子裡玩耍以後，不知何故，金龍的四塊岩上的感謝供品突然變多了，豬手一家以外的人也常來祈禱。

「哦，應該是因為我幫他們找到失物吧！」

某一天，白若無其事地如此說道，金龍啞然無語。

「我看到他們在找東西，所以就幫了他們幾次。有時候是爺爺的遺物小刀，有時候是昨天摘的香菇。遍尋不著的東西突然出現，大家都說是山神保佑。」

「祢……居然如此融入凡人的生活……」

「平時靠他們吃飯，總該回報一下嘛！」

金龍五味雜陳地望著嘻皮笑臉的白。祂竟然這麼輕率地接近凡人。

「……功勞變成我的，不要緊嗎？原本該被感謝的可是祢啊！」

金龍詢問，白難得謙虛地搖了搖頭。

「我只不過是個逃亡眷屬，是個討厭工作而逃跑的敗類。感謝就由一直在這座山上守護大地的祢收下吧！」

白爽快地說道，自豪地搖了搖尾巴。

「哎，其實把東西藏起來的也是我！」

金龍的長鬚毫不容情地勒住白狐的脖子，白一面高叫投降，一面在地上打滾。

訓了白一頓以後，當天晚上，金龍從山上俯瞰村落。夜深人靜，家家戶戶都鴉雀無聲，彷彿悄悄地在呼吸一般。在這些草木加工而成的房屋裡，凡人過的是什麼樣的生活？金龍不清楚。受祀與奉祀、保生與求生，祂原以為這樣就足夠了。然而，聽了白說的那些話，不知不覺間，想要更進一步觀察凡人生活的念頭宛若春天的花蕾一般開始膨脹。金龍並不想像白那樣把凡人耍得團團轉，卻有些羨慕祂與凡人之間的距離感。

隔天清早，金龍悄悄地來到豬手一家居住的村落附近。祂大可以保持龍形，但為了預防眼力好的孩子看見祂，引發軒然大波，祂仿效白，化成了狐狸。山裡有狐狸並不稀奇，就算被人看見，也不至於引起騷動。

凡人向來早起，太陽一出來就開始活動了。炊煙裊裊升空，田裡種植的少許蔬菜與山裡採來的野菜，以及玄米和粟稗混合而成的雜糧就是他們的早飯。金龍悄悄窺探豬手家，只見母親為了年幼的小孩專程將雜糧捏成飯糰，據說這樣比較容易入口。三由的飯糰比較大，末的比較小，末想要三由的飯糰，吵鬧不休，最後三由便拿自己的和她交換了。

「末，妳老是吃不完，吃小的就好。」

「不要，我要大的。」

「沒辦法，娘，我吃小的就好。末，妳多吃一點。」

三由笑咪咪地吃起小飯糰，事後又吃了末吃剩的飯糰。

吃完飯以後，全家帶著預先留下的飯糰一起前往四塊岩，向山神致意。豬手和乎麻呂直接上山採黏土，只有母親、三由和末回到村落。接著，母親專心製作土器，三由則是和村裡的小孩待在一起，一面照顧末，一面收集木柴，幫忙做些簡單的農務。村落裡的凡人同心協力，打造了雖然不富裕卻安居樂業的生活。金龍四處窺探民宅，觀察了好幾個「家庭」。有的家庭裡有個臥病不起的祖父，有的家庭失去了父親，只有母子相依為命，有的家庭收養了朋友的孩子。金龍原以為血緣是重點，但似乎並非如此；有的家庭和兄弟家感情不睦，與毫無血緣關係的鄰居卻很要好。血緣不見得能構成無條件的愛。那麼愛究竟是從哪裡萌生的？

「三由！快過來！」

突然傳來這道聲音，將金龍的思緒拉回現實。仔細一看，幾個比三由稍微年長的小孩跑過田間小路，而三由在後頭拚命追趕。

「等等我～你們跑太快了！」

就年齡差距而言，這些年長的少年和三由死去的二哥年紀差不多。這種年紀的少年總是以互相捉弄為樂，而金龍發現三由的行動有些不自然。他絕不追過跑在前頭的少年。那應該是某個年長少年的弟弟吧！他看起來比三由年幼，跑得也比三由慢，三由跑步時一直顧慮著他。

「原來如此。這樣的心地固然值得敬佩，在凡人的社會中應該會吃上不少苦頭吧！」

依然濫好人的三由當然聽不見金龍的嘀咕，奔向了少年們。結果，敬陪末座的三由被罰去河裡抓魚，三由乖乖從命，可是年幼的他怎麼抓得到魚呢？只見他在淺灘滑了一跤，一屁股跌坐在地，被年長的孩子們嘲笑一陣之後，便不了了之了。即使如此，三由依然沒有生氣，只是笑著說「沒辦法」。

接下來的幾天，金龍都睡在村落的一角，融入凡人的生活之中。當然，凡人看不見金龍的身影，但祂透過這個方式，總算記住了豬手一家以外的村民長相與名字，還有各個家庭的結構與擅長製作的土器。

而祂了解了一件事。

三由只要半夜作了惡夢醒來，隔天大清早便會偷偷溜出被窩，造訪四塊岩。金龍曾數度看到剛滿六歲的他神色凝重地仰望尚未天明的天空。

「所以三由為什麼那麼常作惡夢？」

聽聞金龍開始在村落生活，白笑得滿地打滾，再次被勒頸以後才安分下來，故作正經地問道：

「小孩子的工作不就是吃飯、玩耍、睡覺嗎？有什麼事會讓他那麼神色凝重？」

白與金色狐狸在離民家有段距離的田間小路上湊著鼻頭說話。太陽已經下山了，正值凡人準備就寢的時間。

「他在大清早獨自前來向山神祈禱時，說的都是同樣的那幾句話。請保佑我們不再失去家人、請保佑我們全家都能永遠在一起生活。這些話讓我聯想到一件事。三由的二哥大約在一年前過世，他大概還為了這件事耿耿於懷吧！他的二哥帶著他進森林，為了保護打滑的他而受傷，結果生了場重病，就這麼過世了。」

「原來如此，運氣真差。」

白說得很乾脆。不過，祂說得沒錯。在這個時代，一個擦傷便要了小命的情況並不罕見。即使平安出生，能否安然活下去，還是要取決於運氣。

「三由八成覺得是自己的錯吧！雖然平時沒有表現出來，或許在午夜夢迴之際，他會想起來。他向來親近他的哥哥，這樣的感覺自然更為強烈了。」

正因為他天性善良，所以會把所有事情都往自己身上攬。

請保佑我們不再失去家人。

請保佑我們全家都能永遠在一起生活。

金龍一直不明白三由為何如此反覆祈求，現在祂總算窺見了些許端倪。

「哦？冷酷的金龍大人總算也開始了解凡人的感情啦？」

白一面百般無聊地戲弄跑來跑去的老鼠，一面調侃。

「不，我還是不太明白。我已經了解愛情不見得起因於血緣，不過對家人或兄弟抱持的感情顯然與他人不同，而我不明白理由是什麼。」

「啊，真麻煩。」

白用後腳搔了搔下巴，抖動身體。

「這種事不是用想的，而是要用感覺的。以後仔細觀察三由吧！」

白一副無所不知的口吻，金龍聽了有些不服氣。

⛩

金龍依照白所言，繼續觀察三由。他對於任何競爭都不拿手，甚至沒有爭勝的念頭，反而比較喜歡觀察昆蟲、栽種植物、在地上塗鴉或收集田間小路的青草。如果朋友相邀，他當然也會去玩耍，但他總是做提東西或照顧幼童這類吃力不討好的工作。即使妹妹鬧脾氣打他，他也不生氣，只是默默承受。不過，他並不是沒有個性，只是不計較而已。他老是說「沒辦法」，面露苦笑。就某種意義而言，金龍一直提心吊膽地旁觀三由這樣過生活。祂有時候會在背後大叫：「態度強硬一點！」有時候則是兀自氣惱：「快回嘴！為什麼悶不吭聲！」繼續觀察下去，真的能夠了解什麼嗎？金龍的疑惑日益加深。

梅雨季前陰晴不定，不時下雨；金龍前去查看村落邊緣的田地，而當祂回來的時候，發現村子裡沒有三由的氣息。母親和末待在家裡，因為下雨而無法工作的父親與長兄乎麻呂則是在別人家裡高談哪個地方的土壤比較好。不久後，被雨水淋濕的少年們拿著幾顆小香瓜回到了家。

「咦？三由呢？」

「不知道。大概拿著香瓜回家了吧！」

「欸，別說那些了，快點開始分香瓜吧！」

少年們一面在樹蔭底下躲雨，一面用石頭敲開香瓜，開始大快朵頤。附近的森林裡有生長野生香瓜的地方，大概是從那裡摘來的吧！金龍將意識轉向那兒，緩緩地邁開腳步。

與金龍棲息的四塊岩山地相連的森林在雨中呈現幽暗的色調。一踏入森林，周圍就變得一片昏暗，動物們全都屏息斂聲，只有一隻青蛙因為金龍的氣息而受驚，從草叢裡跳了出來。雨勢轉弱，雨水變得細若絹絲，拍打樹葉時發出的音色同樣含蓄，彷彿不願阻礙金龍查探三由的氣息一般。香瓜是長在更深處的向陽斜坡。多虧了鳥糞，有時會有不知名的植物發芽，那些香瓜大概也是這樣長出來的吧！金龍踩著潮濕的步伐繼續前進，在地上發現一顆破裂的香瓜。祂抬起視線，只見斜坡中途有些矮草東倒西歪，形成坑洞；從坑洞中隱約露出的膚色是條小孩的手臂。

——還有呼吸。

金龍緩緩地靠近坑洞。大概是摘完香瓜爬下來的時候滑了腳吧！雨勢越來越大，少年們急著離開，沒有人發現三由跌倒。

三由在矮草上躺成了大字形，仰望著上方。他的眼睛睜得大大的，凝視著枝葉縫隙間的灰色天空。數不清的雨滴從他的上方灑落，將他淋成落湯雞；粗劣的衣服黏在身體上，單薄的胸膛上下起伏。他的腳上有少許擦傷，微微滲出血來，但傷勢並不嚴重。金龍從他身上感受到的氣息也是正常的，並不是身受重傷，無法動彈。

那麼他為何不動？

金龍在三由的身旁坐了下來。不時有精靈興味盎然地交互窺探金龍與三由。

「怎麼了？」

不久後，金龍刻意用三由聽得見的音量說道：

「再繼續淋雨，你的身體會失溫，很快就會死的。」

三由的手指猛然一震，但是並沒有做出任何誇張的反應，而是以嘶啞的嗓音回答：

「……你是誰？」

他的眼睛依然望著天空。

「我住在這座山裡。」

「……是山神嗎？」

「也有人這樣稱呼我。」

「……我會死嗎？」

「再這樣下去的話，或許會死。」

三由喃喃說了句：「是嗎？」彷彿若真的死了也無可奈何。

「你恨其他人丟下你離開嗎？」

「不，不是的。」

「還是為了沒人發現你而生氣？」

「不是。」

「那你為什麼不離開這裡？」

三由沒有回答這個問題。金龍不知道接下來該說什麼才好，只好閉上嘴巴。該叫他快點回家？還是什麼話都不該說？凡人的性命便如同飄落的一片樹葉，身為國之常立神正統眷屬神的金龍不該說任何話來挽救他的性命。

然而，不知何故，金龍卻覺得嘴角發癢。

「欸，山神老爺……」

不久後，三由喃喃說道：

「那一天也是下著這樣的雨，一模一樣。既然一模一樣，就沒辦法了。」

從天空灑下的雨滴不斷地落在三由的臉上。雨滴在皮膚上彈跳，匯聚成大水滴，滑落臉頰。

「我好像看到死掉的哥哥就在那裡，在那棵樹的背後。我看到以後，嚇了一跳，就滑倒了……他好像笑得很開心。」

金龍下意識地豎起耳朵。他的哥哥回歸大地已久，這時候不會還在人世徬徨，更不可能因為疼愛的弟弟遭遇不幸而開心。金龍回溯記憶，回想三由的哥哥在這座森林受傷的那一天。沒錯，那天的確也下著這樣的雨。

「……三由。」

金龍遲疑過後，將黃綠色眼眸轉向他。

「就算你死了，這個世間也不會有所改變。明天太陽依舊會東升，植物依然會隨著季節轉變而開花結果，動物仍然會出生死亡。至於你，不過是一片終將凋零的樹葉而已。」

三由動也不動，失去血色的白皙臉頰面向天空。

「不過，這片樹葉並不是其他樹葉能夠取代的。就算你死了，哥哥也不會活過來。」

偌大的水滴從三由的眼眶掉了下來。一道吐氣聲響起，只見他那毫無防備地攤開的手握成了拳頭，急促的呼吸化成無法克制的嗚咽聲。接著，三由就和這個年紀的其他小孩一樣放聲大哭，彷彿要把藏在心底的感情全數解放出來一般，聲嘶力竭地哭喊。

不久後，三由終於恢復冷靜，吸了吸鼻子；當他回過神來以後，發現自己的右手中多了塊陌生的碎片。碎片呈現陽光般的美麗金色，薄得可以看見另一頭的景色，卻又硬得足以切斷細枝，看起來像是從半圓形分割而成的。

「古老的鱗片雖然沒有多少力量，應該還可以保你不作惡夢吧！」

說完，金龍離開了原地。祂告訴自己，以後絕不會再贈予凡人鱗片，同時又對於容許這種行為的自己萌生了一股危機感。呵護人類並非自己的任務，身為國之常立神眷屬的金龍必須善盡自己的職責。

拔足疾奔的金龍逐漸從狐狸變為龍形，竄上山壁，騰空飛翔，拍動全身的鱗片，以如雷般的轟隆聲咆哮。各種感情在心中交錯，任憑祂如何咆哮，體內深處的鈍滯熱氣始終沒有冷卻下來。

自那一天以來，金龍不再降臨村落。

三由在那之後同樣天天都和家人一同造訪四塊岩，但是不再獨自於大清早前來了；相對地，他比任何人都更加虔誠地合十參拜。

⛩

贈予三由鱗片的數個月後，白在傍晚來到了四塊岩。

「金龍兄，祢非得這麼做不可嗎？」

白垂下耳朵。愛上凡人生活的祂打從一開始就反對這件事。

「之前才剛撼動過大地吧？再緩一陣子吧！」

「白，這不是祢能夠插口置喙的事。」

金龍豎起鱗片，發出威嚇般的聲音。這道凡人也聽得見的聲音是金龍最後的警告，遺憾的是國家中樞沒有人聽見這道聲音。

外國神明在數百年前從大陸傳入了這個國家。凡人在天候與政事上仰仗的是無形的力量，對於他們而言，比起打從出生時便在身旁的古代眾神，來自先進文明的未知神祇更令人著迷。凡人逐漸疏於奉祀古代眾神，雖然在國之常立神的身體上生活，敬仰的卻是外國神明與祂們的崇奉者。金龍雖然容許新的神明來到這個國家，卻無法容忍這樣的情況；天照太御神的直系血脈率先樹立這種壞榜樣，更是罪無可逭。而天譴同時也會壓得老百姓無法翻身。

要說金龍沒有遲疑，那是假話。

終於記住了長相與名字的眾多凡人所居住的那個村落，以及豬手一家，只怕都無法倖免於難。

即使如此，還是得這麼做。

因為這是金龍的職責。

隔年，金龍要求風神別喚雨。祂知道沒有上天恩賜的雨水，會給凡人的生活帶來莫大的影響。果不其然，由於雨水不足，作物歉收，引發了飢荒，死了許多人。接下來的那年同樣是大旱，人們只能吃所剩不多的存糧或樹根，靠夕露潤喉。豬手一家居住的村子也不例外，過著全家分享一顆飯糰的生活；既使如此，他們還是盡可能地獻上供品給金龍，絲毫不知讓自己受苦的正是自己崇奉的山神。不，就算知道，他們應該也不會停止祈禱吧！

「山神老爺，今天也請恩准我們上山。」

縱使肚子再怎麼餓，豬手和乎麻呂依然會上山挖黏土。由於興建寺院需要大量磚瓦，這陣子瓦窯向豬手家商借人手，協助作業。對於以製甕為主的豬手家而言，這是截然不同的工作。聽說是因為飢荒而折損了不少師傅，因此瓦窯只得將工作分包出去。

凡人必須工作維生。

如果製瓦能替他們換得些許糧食，他們自然樂意效勞。

金龍雖然明白這一點，卻有些悶悶不樂。

自己在期待什麼？

自己在恐懼什麼？

祂早已知道答案，卻不敢承認。

只要警告一聲，或許他們就能夠逃離這片土地。雖然金龍也曾經如此考慮過，但轉念一想，樹葉凋零也是種命運。沒錯，祂努力這麼想。

那一年的年底，有人在交貨前夕私吞磚瓦潛逃，豬手一家原本期待拿到瓦窯給的酬勞以後，生活會變得輕鬆一點，這下子希望全泡湯了。瓦窯交不出貨，拿不到酬勞，豬手這些承包工當然更是連一粒小米都分不到。瓦窯的人也已經山窮水盡，懇求他們高抬貴手，因此豬手只能失落地打道回府。

「再這樣下去，沒有東西可以給孩子們吃了……」

「沒辦法，大家都一樣窮苦。」

「乾脆把三由和末送到山背國的弟弟那裡去吧！聽說那邊的日子比這裡好過一些。」

「可是……」

回到家的父親和母親的竊竊私語全聽在三由的耳裡。三由在太陽下山之前來到了四塊岩，神情凝重地對金龍說話。

「山神老爺，我該去山背國嗎？」

三由應該看不見坐鎮於四塊岩上的金龍，眼睛卻筆直地凝視著祂。

「我聽見爹娘在說話。如果我離開，就可以省下一人份的食物了，對吧？」

請保佑我們不再失去家人。

曾經如此祈禱的少年緊握身體兩側的拳頭，眨了眨濕潤的眼睛，就像是在念誦對一切死心的咒語一般，說出了那句話。

「……這也沒辦法，對吧？」

——不可以互通心靈。

不可以過度親近。

凡人只不過是隨著季節飄散的樹葉。

奉祀與受祀、求生與保生，除此之外，不該有其他關係。

金龍拚命封印一再壓抑卻復燃的感情。不可以厚此薄彼，對凡人必須一視同仁。

一個月後，三由和前來接他的舅舅一起出發前往山背國。他不忍心讓年幼的末離開母親的懷抱，因此選擇獨自離家。

沒有人能夠責備他這個痛苦的決定。

之後不到半年，負責製作土器的廣賣便病倒了，因為她將自己所剩無幾的食物全都給了末。乎麻呂接下了母親的工作，卻因為不熟悉而失敗連連，繪有六角形的土器幾乎都不能當作成品出貨。後來，連末也生了病，母女倆抱在一起，就這麼斷了氣。父子倆雖然失魂落魄，卻還是努力生活；某一天，他們正要去賣盤子的時候，遇上了搶匪，乎麻呂為了保護父親而被刺傷了。雖然運氣好沒傷及要害，由於無法接受充分的治療，他只能待在家裡忍受痛苦。

「山神老爺，對不起，沒有供品。」

即使如此，豬手每次上山，還是會在四塊岩前伏地祈禱。換作平時，他立刻就會開始工作，摘採少許的野菜或樹根回家，但這一天他的樣子卻和平時不一樣。他伏在四塊岩前動也不動，肩膀逐漸開始微微顫抖，金龍這才察覺他在哭泣。

「……這種……這種日子要持續到什麼時候……」

這是個痛心泣血的問題。

妻女先後過世，年幼的兒子寄養在親戚家，可是生活依然沒有改善。非但如此，屋漏偏逢連夜雨，就連向來倚重的長男也不能動了。這是在家中總是強打精神撐起家計的他頭一次灰心喪志地吐露真心話。

「我們……必須撐到什麼時候才行……」

對於這個呻吟般的問題，金龍沒有答案；唯一確定的只有一件事，就是此時不光是豬手的村子，幾乎整個大和都陷入了相同的地獄。

不久後，豬手擦乾眼淚，有氣無力地站了起來，前往工作地。金龍無法賜予他冀求的奇蹟，也無法給他一線希望，只能默默地目送他離去。

即使如此，金龍還是必須恪守本分。

那一年，大地巨響，猶如在展現國之常立神的意志。都城瓦落牆垮，遠比都城脆弱的民家更是應聲倒塌。豬手好不容易才把行動不便的乎麻呂從柱子底下拉出來，但兒子已經氣若游絲了。豬手呆若木雞地看著長男的呼吸從逐漸轉弱、斷斷續續到完全停止。他什麼也做不到。自己居然如此無力，令他欲哭無淚。地震在各地造成了災害，行商途中的三由與舅舅也被捲入了山崩。接獲通知的時候，瘦成皮包骨的豬手倚著崩塌的房屋殘骸，已經無法動彈了。他的身旁有個六角形圖案的破甕。

見證了豬手的末路以後，金龍將意識轉向三由，卻再也感覺不到他那熟悉的氣息了。

「……我好像誤會了。」

隔年春天，白來到金龍身邊，擱下一株夏枯草。

「我原本以為那家人對祢來說是特別的。」

豐潤的紫色夏枯草與從前三由供奉的並無二致。

——自己真的是正確的嗎？

不，身為國之常立神的眷屬，祂所做的事應該是正確的。

金龍如此告訴自己，試圖忘記那家人。然而，越是這麼想，心頭就越是緊緊揪住，令祂喘不過氣。

祂原想跟東方的黑龍商量這件事，但或許自己犯了錯的恐懼不容許祂這麼做。

「不愧是西方的兄弟，總是不辱使命。」

「是啊！東方的兄弟。能夠替國之常立神老爺效勞，是我的榮耀。」

金龍只能挺起胸膛，拍動鮮豔的鱗片，如此笑道。

幾年後，當黑龍告知祂開始撫養嬰兒時，金龍無法告訴祂這麼做只會讓祂自己受到傷害。

金龍抱著好玩的心態將白留下的夏枯草放入口中。

淡淡的青草味裡有股些微的甜味飄盪著。

直到此時，金龍才明白三由嘗到的是這樣的滋味。

這是祂頭一次與凡人共享同樣的感覺。

——沒錯，那個凡人是我……

是我殺的。

要點

神明講座 2

蝦夷與愛奴有關係嗎？

「蝦夷（EMISHI）」這個名稱從五世紀以前就存在了，也寫作「毛人」，意思是「強悍可怕的人」，據說當時的語感之中帶有些微的尊敬之意。到了六、七世紀，著重的是「不受朝廷直接支配的人」之意，而到了齊明朝時，便開始使用「蝦夷」二字，含有「文化不同的人」、「異族」等語意。

平安末期，平泉藤原氏權力擴張，「蝦夷＝不受朝廷直接支配的人」轉變為盛岡市與秋田市連線以北的本州與北海道居民的代名詞，發音也變成了「EZO」。後來到了鎌倉時代，北條氏支配了本州北端，被稱為「EMISHI・EZO」的只剩下北海道的居民，之後逐漸形成了愛奴民族。從東北的部分地區有愛奴語地名，以及獵人語中也有和愛奴語共通的單字這幾點看來，被稱為「蝦夷」的人民有可能是愛奴的祖先，但目前尚未得到明確的結論。

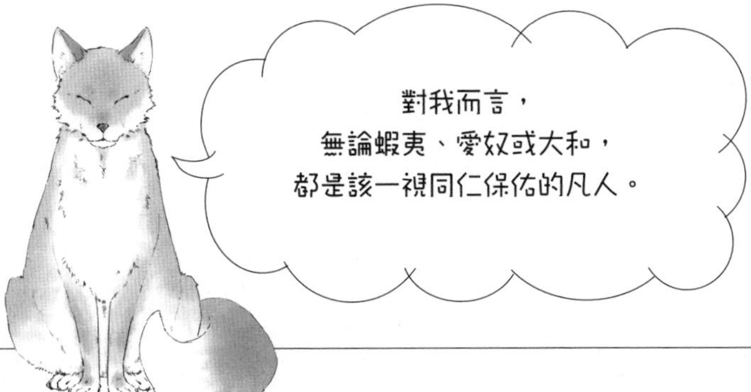
對我而言，
無論蝦夷、愛奴或大和，
都是該一視同仁保佑的凡人。

三尊　悲嘆的天空

一

「結果，後來也只是同樣的爭論持續上演而已。討論到最後，分成了投靠荒脛巾神、等待國之常立神出面，以及立即嚴懲荒脛巾神三派。」

不情不願地離開大主神社的良彥送穗乃香回家之後，回到了自己的家中；數小時後，大國主神就像是走進自家廚房似地打開良彥的房門，一面喊累，一面坐到床上。

「提醒一下，這裡不是祢家。」

回家以後，不知道該如何宣洩滿腔鬱悶，只能上網打發時間的良彥對大模大樣的大國主神投以傻眼的視線。

「我知道，可是每個地方氣氛都很差，而且又和岳父撞個正著，我的安閒之地只剩這裡了……」

話一說完，大國主神便往床鋪躺了下來。祂看起來真的很疲倦，良彥原本想埋怨祂幾句，最後說出口的卻是另一個問題。

「……須佐之男命說了什麼？」

「還是那句老話，三貴子的意思是靜待國之常立神出面，就這樣。我倒覺得只是浪費時間。」

「關於黃金呢？」

「目前什麼也沒說……」

沉默籠罩了房間。大國主神連忙緩頰：

「不過，須佐之男命並不是不擔心黃金老爺。」

在大天宮聽了那番話以後，良彥心中對於黃金的焦躁感雖然減緩了幾分，但並未完全平息。同時，他的心中產生了些許懷疑。

「欸！」

良彥依然望著電腦畫面，喃喃說道：

「大國主神，祢知道黃金是金龍嗎？」

短暫的沉默過後，大國主神給了肯定的答案。

「嗯……我知道。祂是國之常立神的眷屬，是金龍，是金神，是方位神，也是名為黃金的狐神。」

「祂那麼毛茸茸的，居然是一條龍。」

「嗯。哎，不過，我也沒看過龍形的黃金老爺。還是狐狸比較好，可愛多了。」

良彥放開滑鼠，仰望天花板。

「可是，我不認為那傢伙會想引發『大改建』。」

就良彥所知，黃金已經在大主神社的四石社隱居了很長一段時間，在他當上差使以後才頻繁外出，並對文明利器與食物產生強烈的興趣。黃金有時確實會嚴厲批評疏於奉祀神明的人類，但應該不至於因此認為該把人類掃蕩殆盡。

「嗯，我也這麼想。不必理會那些說祂和荒脛巾神是同夥的傢伙。」

聽大國主神說得如此斬釘截鐵，良彥鬆了口氣。

「順道一提，說那種話的神明同樣在懷疑我。我會在這個時期率先趕來，也是為了避嫌。因為我也能夠了解荒脛巾神的心情。」

良彥忍不住將視線轉向床上的祂。了解想引發「大改建」的神明的心情？這句話是什麼意思？

良彥不解其意，沉默下來；大國主神察覺了，坐起上半身。

「不，我說的『了解祂的心情』不是那個意思。」

「沒想到祢是這種神……」

「就跟你說不是了嘛！欸，說穿了，蝦夷和朝廷的戰爭其實就是另一種『禪讓』。聽到這個字眼，有沒有想起什麼？」

「『禪讓』……就是你的……」

「對，身為國津神的我將國家禪讓給身為天津神的天照太御神──派來的建御雷之男神與經津主神。所以我不能繼續窩在出雲。要是把謀反的大帽子扣到我頭上，我可受不了。」

大國主神在床上重新坐好，短嘆一聲。所以祂才在這個時期大老遠趕到京都來啊？良彥總算明白了。

「我們的『禪讓』是兩邊的頭頭說好的，沒有流多餘的血，但朝廷和蝦夷的情況可就不一樣了……」

「當時神明之間沒有溝通過嗎？」

「應該有。不過當時荒脛巾神對於蝦夷的感情已經很強烈了。不知道祂為何那麼偏袒蝦夷？黃金老爺應該也勸過祂不少次。再說，奈良時代到平安時代，距離現在沒多久，對吧？當時神與人的分界已經相當明確了，不像我那時候那樣，只要神明之間說好就行了。更何況不過分干涉凡人是神明的規矩。」

奈良時代和平安時代距離現在沒多久——良彥無法理解這種感覺，不過，與大國主神禪讓的時代確實大不相同。當時是被人類稱為「神代」的神話時代。

「明明不能干涉，荒脛巾神卻偏袒蝦夷？」

「對。」

「這樣不行吧！」

「嗯，不行。所以我也覺得很不可思議，為什麼會放任祂那麼做？再說，蝦夷並不是被驅逐；雖然被迫離鄉背井，最後還是有一群人回到了東北，對奧州的發展做出了不少貢獻。當然，也有人死於戰爭就是了。」

「那荒脛巾神在氣什麼？」

良彥皺起眉頭。當然，愛護的子民受到傷害，被逐出故鄉，祂為此憤怒的心情良彥能夠明白，但越是了解詳情，良彥越是感到疑惑：這真的有嚴重到需要「大改建」的地步嗎？更何況荒脛巾神是奉命守護東方的「神」，從全體人類的角度來看，蝦夷與朝廷的戰爭並不見得盡是壞處。

「聽建御雷之男神的說法，祂的情感起伏變得很大，思想也變得很極端。隨著時間經過，或許會恢復正常，所以建御雷之男神才會說要等國之常立神出面。」

「可是『大改建』不會等人吧？」

「結界存在的時候還能勉強抑制祂，一旦被破，就開始倒數計時了……」

話說到一半，大國主神似乎察覺了什麼，打住了話頭。良彥循著祂的視線望向自己的房門，隔了幾秒以後，房門猛然打開了。

「差使兄！」

衝進房裡來的，是身穿古代甲冑，頭上卻戴著西洋頭盔，背著兩把弓，兩側腰間各佩了三把刀的聰哲。祂的雙手拿著長槍，仔細一看，連指尖都被細密的鎖子甲包覆著。

「現在神明之間是在流行突襲訪問我家嗎？」

「我聽精靈說荒脛巾神打算引發『大改建』！請全副武裝，以備不測！我精心挑選了許多兵器！」

聰哲叮叮噹噹地跑進房裡來，完全不聽良彥說話，便開始在地上排列祂帶來的兵器。上次沒聊上幾句就讓祂回去了，良彥才想著過幾天得去找祂才行，沒想到對方居然會以這種形式再次來訪。

「武裝？這些是祢的寶貝吧？」

「先借給差使兄，事後再還我就行了！」

「原來不是要送我啊！」

良彥還在想祂居然如此大方，原來是這麼回事。或許祂肯出借，就已經很大方了。

「良彥，你是什麼時候和軍火商結交的？」

床上的大國主神對良彥投以傻眼的視線。

「祂不是軍火商，是百濟王聰哲。前陣子我替聰哲的曾祖父辦差事。」

聽了這段對話，聰哲才發現房裡除了良彥以外，還有別神。

「啊，有來客！失禮了……咦？是大國主神老爺？」

「咦？我們見過面嗎？」

「不！是我看過祢的尊容！我去奧出雲參觀吹踏鞴煉鋼（註4）的時候，曾順道拜訪出雲大社！」

聰哲深深一拜，表達敬意。雖說同為神明，對於原本是人類的聰哲而言，古事記裡有載的大國主神是不可同日而語的存在。

「聰哲是刀癡，擁有古今中外的各種兵器。」

良彥說明，大國主神興味盎然地打量排列在地板上的各種兵器。

「原來如此，所以才跑去參觀吹踏鞴啊！說到百濟王氏，不就是從前朝廷青眼有加的一族嗎？記得他們為了建造奈良的大佛，從東北提供金子——」

「啊，那就是聽哲的曾祖父。」

「還出了名聞遐邇的武將，對吧？」

大國主神問道，聽哲的臉龐微微緊繃，點了點頭。

「祢說的應該是家父。」

「令尊？名字是？」

聽哲屏住呼吸一瞬間，接著才緩慢但清楚地回答：

「百濟王俊哲。」

聞言，大國主神瞪大眼睛瞥了良彥一眼，隨即又把視線移回聽哲身上。

「太驚人了。莫非大神已經料到會變成這樣？」

「什麼意思？」

良彥皺起眉頭。那隻落單狐狸聽見聽哲父親的名字時，確實也說過「造化弄人」。

註4：日本傳統的煉鋼法，用來將砂鐵煉製成玉鋼。

大國主神重新在床上坐好，進行說明：

「你知道從前朝廷曾經武力鎮壓蝦夷吧？期間長達幾十年，派軍也不只一、兩次；而身為陸奧鎮守將軍的百濟王俊哲正是朝廷派遣的軍人之一。換句話說……」

大國主神瞥了良彥一眼。

「百濟王俊哲是在荒脛巾神與蝦夷的連結最為牢固的時代揮軍攻打蝦夷的人，對於荒脛巾神而言，是可恨的仇敵。」

良彥終於明白聰哲聽聞荒脛巾神甦醒之後，為何會大為震撼了。父親搏命抗戰的神明復活了。

「良彥，這次荒脛巾神的問題，或許百濟王一族能夠再次殺出一條活路。」

大國主神說道，聰哲連忙搖頭。

「祢、祢太抬舉我了！我雖然是出羽守，但是武藝拙劣！完全比不上家父！」

「那就請令尊來吧！或許祂能想出什麼好主意。」

「這個嘛……家父說祂對於人世已無眷戀，不願再有所牽扯。再說，現代祭祀我們百濟王一族的人已經不多，實在無力與荒脛巾神抗衡……」

請見諒。聰哲低下頭來。的確，聽到百濟王，答得出那是什麼樣的一族的人，應該是相當的歷史癡吧！就連最有名的敬福現在也失去了記憶與力量，得依靠差使替祂辦差事。

大國主神陷入沉思，隨即靈光一閃，打直了腰桿。

「對了，仔細想想，祂應該比較適任……祂現在依然香火鼎盛，說不定比百濟王更有力量。拉祂入夥，應該沒有損失吧？」

大國主神一副想到好點子的模樣，良彥反問：

「只要有那個人，就可以救回黃金嗎？」

大國主神眼中的笑意瞬間消失了。祂盤起手臂，大大地嘆了口氣。

「不知道。」

祂簡短但誠實地回答。

「不過，祂確實是在那個時代征討蝦夷的凡人。」

現在就連神明都因為意見不合而僵持不下，只要是可以求助的對象，或許都該去碰碰運氣。

「所以祢說的祂到底是誰？」

良彥詢問，大國主神鄭重地說出了名字。

「——征夷大將軍，坂上田村麻呂。」

聞言，聽哲悄悄地握住拳頭，似乎在忍著什麼。

「我好像聽過這個名字，是學校教過嗎？」

良彥歪頭納悶。老實說，雖然對名字有印象，但他根本不曉得那個人有什麼事蹟。聽到征夷大將軍這個名號，良彥也只覺得好像很厲害，完全不知道是做什麼的。

「可、可是，大國主神老爺，田村麻呂老爺征討的是蝦夷，祂並沒有和荒脛巾神直接對陣過。」

聽哲有些慌張地探出身子。

「再說，田村麻呂老爺並不是因為憎恨蝦夷才去攻打蝦夷的，祂期望的始終是和睦共處。」

「啊，對了，祢認識田村麻呂。」

見聽哲拚命說明，大國主神恍然大悟地說道。

「田村麻呂老爺當年和家父一起東征，祂十分疼愛我。」

期望和睦共處，卻得參與東征，不知是什麼心情？看聽哲的模樣，祂似乎不想把田村麻呂扯進這回的事情裡。確實，如祂所言，當年田村麻呂的對手是人類，並不是荒脛巾神。跟祂說這次的事，說不定只是徒增祂的困惑而已。

「聰哲，那位田村麻呂先生現在在哪裡？」

良彥用終於開始運轉的腦袋找出自己的答案。

「奉祀田村麻呂老爺的神社各地都有，祂現在應該在近江。可是——」

「我知道。我並不是要拜託祂打倒荒脛巾神，我只是……」

良彥告訴困惑的聰哲：

「我只是想救黃金而已。」

雖然不知道黃金還有沒有救，但是良彥不想放棄希望。

⛩

「原為近江少將的田村麻呂老爺因為武藝高強而受到賞識，成了征東副史，與家父俊哲一起被派往東北。後來，祂歷任陸奧守與鎮守將軍等官職，換句話說，祂幾乎掌握了東北的所有行政指揮權。是祂替長年的征夷戰事畫下了休止符。」

從京都站搭車，大約一小時即可抵達當地的車站，接著再轉乘巴士，便可前往奉祀坂上田村麻呂的神社。除了這座神社以外，傳說中祂曾經布陣或打倒惡鬼的地方也還繼續奉祀著祂。

良彥只是上網稍微搜尋，便找到了好幾個不知真假的田村麻呂傳說，足見祂是位受人傳頌至今的英雄。

「順道一提，建立清水寺的也是田村麻呂老爺。」

「咦？祢說的清水寺，是東山的那一間嗎？一堆觀光客跑去參觀的那間？」

「對，當年祂為了平定蝦夷而前去參拜過。」

昨晚擅自留宿良彥家的大國主神表示今天早上也要開會，自行出門了；而良彥賭上一縷希望，和同樣順道留宿的聰哲一起拜訪坂上田村麻呂。起先聰哲不太情願，後來拗不過良彥，只好答應。雖然不知道人類能否與神明抗衡，但現在的他能做的只有這件事了。再說，比起窩在自己的房間裡，至少還能夠轉移注意力。

從當地的車站搭乘巴士，大約需要三十分鐘的車程。雖然正值暑假期間，由於是平日，只有四組乘客；其中也有高中生的身影，不知是不是社團活動結束後要回家？

「我不是去辦差事的，看不見那位田村麻呂先生，幸好有祢陪我來。」

良彥一面望著車窗外流過的景色，一面說道。換作平時，那隻金色狐狸總是會搶先占據窗邊的座位。和祂分頭行動的情況並不少，可是現在卻突然有種少了什麼的感覺。

「要是我也能像大國主神老爺那樣提升差使兄的眼力就好了，只可惜我力有未逮……」

「別放在心上。祢和祂認識，溝通起來快多了，這樣就夠了。」

「不知道我幫不幫得上忙……」

聰哲在良彥身旁露出了含糊的笑容。

「就算不順利，也不是祢的錯，不必放在心上。或許對方現在已經不想聽到關於荒脛巾神的話題了。」

不過，祂是目前唯一的線索。與其不去找祂，獨自乾焦急，還不如做好被拒絕的心理準備，弄個清楚明白。

「仔細想想，距離上次見面，已經過了一千多年了。祂現在變成什麼模樣，我也無法預測……」

聰哲隨著巴士振動，視線四處游移。

「變成什麼模樣……是什麼意思？」

祂是個怪模怪樣的人嗎？良彥從前看過人面鳥，見了什麼應該都不會大驚小怪就是了。

「對我而言，祂相當耀眼，是我崇拜的對象；光是能跟他說上話，我就很開心了。我一直想為祂盡棉薄之力，可是祂到了晚年，變得難以親近……」

聰哲揀選言詞，露出掩飾的笑容。

「不過，或許人都是這樣吧！抱歉，是我想太多了。」

聽哲沒有多說，良彥也沒有繼續追問下去。

繞行市民大廳與居民中心的巴士一路駛向神社，乘客隨著靠站而增增減減。距離神社最近的巴士站就在第一鳥居前方，由於位在沒有斑馬線的道路對側，必須走天橋通行。穿過石造的第一鳥居之後，空氣倏然一變；筆直的參道一路通往深處，粗壯的樹木並立於兩側。良彥不知道那是杉樹還是檜樹，只覺得走在底下，暑氣緩和了幾分。

「還滿大的耶！」

參道前頭可望見黑沉沉的第二鳥居，但是還不見社殿的影子。雖然規模不同，看上去和京都的糺之森（註5）有些相似。

「這裡保留了樹木和土壤的原始面貌，附近也有河川，精靈很多。」

聽哲仰望著遮蔽夏日的樹枝。

「有那麼多嗎？」

「是啊！瞧，那邊也有。」

說著，聽哲指著某個方向，隨即又察覺良彥看不見，連忙收回手指。

「抱、抱歉，因為差使兄和我能夠正常交談，我一時忘了。」
「沒關係，跟我說祢看到了什麼。」
這是真心話，但是說出口以後，良彥卻有種無可言喻的空虛感。
不是差使時的自己居然如此無力。
不，恰好相反。他原本就無力。
只是直到現在才想起來而已。
良彥和聰哲一起穿過第二鳥居，繼續在參道上前進，直到即將穿越第三鳥居時才看見社殿。不過，那似乎是拜殿；大多神社的拜殿後方就是本殿，這裡的拜殿後方卻是手水舍，必須再穿過一座鳥居，走下坡道，過了橋，通過兩支巨大箭矢組合而成的紀念碑底下，再爬上石階以後，才是本殿。現在這裡似乎成為消災解厄的神社，拜殿前頭的廣場經常舉辦行車安全祈願。
走過通往本殿的太鼓橋，在燈籠並列的參道上前進片刻之後，出現了一條往右彎的道路。

註5：京都的茂賀御祖神社境內的原生林。

本殿並不是這個方向，但聽哲卻突然在岔路口停下了腳步。

「田村麻呂老爺……」

聽哲一臉緊張地喃喃說道。接著，祂回頭對良彥說了句：「走吧！」走向了右側的道路。徐緩下降的道路呈現階梯狀，與流經神社旁邊的河川相連；聽哲在通往河川的階梯途中停了下來。

「好久不見了。」

聽哲恭恭敬敬地作了個揖，良彥也連忙低頭致意。過去向來看得見神明，他沒想到看不見會是如此不便。

「冒昧來訪，很抱歉。這位是差使兄，他想拜見田村麻呂老爺，所以我就帶他過來了。差使兄看不見田村麻呂老爺，如有失禮之處，尚請包涵。」

在聽哲的介紹之下，良彥再度朝著空無一物的空間行了個更深的禮。當他抬起頭來時，發現眼前有個身高遠遠超過一百八十公分的彪形大漢，身穿甲冑，佩刀而立。然而，最引起良彥矚目的是他的髮色。那頭褐色頭髮在夏日的照射之下散發出金色光芒。祂的膚色白皙，輪廓深刻的剽悍五官比起日本人更接近西洋人，或是兩者之間的混血兒；眼珠也略帶灰色，和良彥所聽到的奈良至平安時代的武將形象大相逕庭。

「——很稀奇嗎？」

田村麻呂調侃毫不客氣地凝視自己的良彥。

「啊，對、對不起……」

「我的家族之中似乎有大陸人，這就是俗稱的隔代遺傳。」

田村麻呂似乎早已習慣，淡然說明。祂看起來像是三、四十歲，不過就和聰哲一樣，不見得是享年的模樣。

「當年平城京與平安京的異國人士遠比現代人想像的多，像我這樣的容貌並不稀奇。對吧？聰哲。」

「對，說不定比現在的日本更為多元。」

河面反射了陽光，光芒在田村麻呂的甲冑上晃動。良彥有些錯愕地看著兩尊原為平安人的神明交談。仔細想想，聰哲的祖先也是從百濟國來的。

「話說回來，好久不見了，聰哲。若要問祢別來是否無恙，似乎有點奇怪。祢看起來很有精神。」

田村麻呂瞇起眼睛笑道。祂沒說話的時候，由於目光銳利，看起來不怒自威；一露出笑容，就顯得和藹多了。

「剛認識的時候，祢還只是個黃毛團兒。」

「當然，畢竟差了十歲。不知道是哪位仁兄陪這樣的黃毛團兒練劍的時候，居然來真的呢！」

「我只是認為手下留情反倒失禮而已。」

「不，當時看祢的表情，根本是樂在其中啊！」

看著兩神聊起舊事，良彥鬆了口氣。看到聽哲在巴士裡的那副神色，良彥原以為祂不願和田村麻呂見面，但似乎不是這麼回事。

「話說回來，差使兄有何貴幹？既然看不見我，應該不是為了差事而來吧？」

田村麻呂一面留意別讓刀摩擦地面，一面往石階坐了下來，並如此詢問。河水在他的腳底下流動著。

「啊，對，呃……」

良彥一面窺探聽哲的臉色，一面思考如何開口。

「祢知道荒脛巾神醒來了嗎？」

話一說出口，周圍的空氣彷彿突然凍結了。田村麻呂那雙帶著笑意的眼睛多了一抹鈍光。

「我知道，這幾天精靈都吵吵鬧鬧的。」

田村麻呂回答，表情絲毫未變。

「那又如何？」

「老實說——」

良彥簡潔地說明了甦醒的荒脛巾神搶走鹽竈神社，試圖引發「大改建」，並吃掉了西方金龍之事。

「我當然也想阻止大改建，不過……被吃掉的西方金龍是我的——」

話說到一半，良彥便停住了。黃金究竟是他的什麼？

監督者？食客？還是——

「總之，我想救西方的金龍。雖然不知道能不能成功，我想設法說服荒脛巾神。如果可以，希望祢能助我一臂之力——」

「哦？你要我怎麼做？」

田村麻呂依然坐在石階上，對良彥投以冰冷的視線。良彥幾乎快被祂的眼神壓倒，但還是揀選言詞，繼續說道：

「老實說，我現在還不知道該怎麼做。其他神明好像分成了好幾派，有的認為投靠荒脛巾神比較好，有的說要等國之常立神出面……有的主張討伐荒脛巾神……」

田村麻呂皺起眉頭。見祂以手按刀，良彥莫名地緊張起來。

「你知道荒脛巾神為何吃掉西方的金龍，並試圖引發『大改建』嗎？」

田村麻呂壓抑自己心中高漲的感情，如此問道。

「就我聽到的說法，是因為祂愛護有加的蝦夷人被殺，所以祂懷恨在心。不過，我沒當面見過祂，老實說，不清楚祂在生什麼氣。」

另一種說法是祂精神失常。這些說法全都是從神明口中聽來的，他並沒有親自確認過。

田村麻呂沉默下來，似乎陷入沉思之中；不久之後，祂喃喃說道：

「……『大改建』嗎？或許不壞。」

良彥皺起眉頭，以為自己聽錯了。祂知道「大改建」是什麼意思嗎？

「不壞？這等於是要掃蕩人類耶！你是認真的嗎？」

「差使兄。」

見良彥的語氣帶有些許責難之色，聰哲連忙抓住他的手臂制止他。

田村麻呂站了起來，用帶有異彩的眼珠俯視良彥。

「要是我說我是真的這麼想呢？」

祂是在捉弄自己？還是在測試自己？良彥不明白，只能回望祂的雙眼。替朝廷帶來勝利的英雄——這是大家口中的祂，可是良彥現在完全摸不清祂的心思。

「看來你是白跑一趟了。」

田村麻呂簡短地對無言以對的良彥宣告。

「田、田村麻呂老爺——」

「聰哲，祢居然為了這種事居中牽線。」

冰冷的視線貫穿了聰哲。

「不是聰哲的錯，是我拜託祂帶我來的。」

良彥擋在僵住的聰哲身前。

「我以為當過征夷大將軍的祢可以想出什麼好辦法。」

田村麻呂的雙眼捕捉住良彥，幾乎令人凍結的溫度讓良彥的背上冒出冷汗。與須佐之男命初次對峙時相似的壓倒性敵意與嫌惡感，露骨地灌注在良彥身上。

「……這種稱號有什麼意義？」

田村麻呂自嘲地說道。

「回去，別再踏上這塊土地。」

祂恨恨地啐道，隨即猶如火焰熄滅一般，自良彥眼前消失了。

「田村麻呂老爺！」

聰哲再次呼喚。從祂的視線判斷，田村麻呂似乎是走向本殿去了。之後任憑他們如何呼喚，田村麻呂都沒有再次現身。

⛩

「差使兄看到田村麻呂老爺的刀了嗎？」

回程，等候通往車站的巴士時，聰哲喃喃說道。

「哦，懸在腰間的那把？」

「對，您看得出和這把刀的形狀有何不同嗎？」

聰哲展示自己佩帶的大刀。細長的刀身收在筆直的刀鞘裡，上頭鑲有玉石，十分華美。

「經祢這麼一說……祂的刀握柄是彎曲的，而且刀身比較短。」

良彥模模糊糊地想起那把刀的形狀。記得刀鞘樸素許多，形狀也和良彥常在電視上看到的日本刀大不相同。

「那是從前蝦夷人用的『蕨手刀』。」

「蕨手刀？」

「是某個人送給祂的，祂一直很珍惜那把刀。」

聽哲仰望夏季的天空。雖然已經過了下午三點，陽光依然熾熱；幸好巴士乘車處有屋簷，不至於曝曬於陽光之下。

「田村麻呂老爺十幾歲時跟隨身為陸奧鎮守將軍的父親前往多賀城上任，大約在那裡住了半年。」

「咦？陸奧鎮守將軍不是聽哲的爸爸嗎？」

「家父也是，而田村麻呂老爺的父親與苅田麻呂老爺也擔任過這個官職。苅田麻呂老爺的盟友道嶋嶋足老爺正是蝦夷人。」

「蝦夷人？」

「對，說來稀奇，雖然出身蝦夷，卻進官封爵。並不是所有蝦夷人都受到虧待。對於在東北生活、與蝦夷比鄰而居的田村麻呂老爺而言，蝦夷並非征討的對象，而是融合的對象。事實上，祂就是這麼對我說的。」

「可是……祂是征夷大將軍耶！」

「對，深受當時的聖上信賴，而田村麻呂老爺也不負重望，立下了許多戰功。其實我曾經問過祂，這樣心裡不難過嗎？」

聽哲露出回憶當年的眼神，繼續說道：

「當時，田村麻呂老爺沒有回答，但祂確實露出了笑容，還說祂一定會結束這場戰爭。可是，從某個時候開始，祂就像是變了個人似的，時常對周圍的人亂發脾氣，聽不進旁人的諫言。我也曾經寫信求見，卻不得其門而入。剛才見面的時候，我還以為祂又變回從前那個豪爽的田村麻呂老爺了，誰知……或許田村麻呂老爺已經不願再憶起當年的事了。」

良彥想起剛才田村麻呂所說的話。究竟是什麼樣的心境才讓祂說出「大改建也不壞」這種話？替朝廷與蝦夷的長年戰事畫下休止符的確實是祂。難道成為神明以後，祂對人世真的毫無留戀了嗎？即使現在可說是祂親手寫下的歷史換來的結果。

「……或許這不是祂期望的未來吧！」

抬頭仰望的天空蔚藍無比。生活在平安京的人與生活在東北的人，應該也都仰望過同樣的天空。

聽哲欲言又止，最後似乎還是不吐不快，再度將視線轉向良彥。

「差使兄，田村麻呂老爺當時不得不殺祂不想殺的人，若說祂殺的其實是祂想保護的人，也不為過。因此，對於田村麻呂老爺而言，這個人世、這個未來與祂期望的並不相同。」

聽哲殷殷訴說，良彥有些驚訝地睜大眼睛。

「所以請您別怪罪田村麻呂老爺。」

「我知道，我沒有怪罪祂。」

良彥安撫聽哲。來到這裡之前，或許該先針對田村麻呂做個事前調查的。良彥仗著有聽哲這個熟人在，有恃無恐，竟然疏忽了這一點。看來他比自己所想的更加著急黃金的事。

「……黃金老爺的事沒幫上忙，很抱歉。」

聽哲再次鄭重道歉。

「不是祢的錯。」

良彥面露苦笑。其實他並不怎麼失望。就算田村麻呂答應幫忙，目前他也不曉得該請祂做什麼才好。要曾經征討蝦夷的祂去討伐神明，似乎也不太對。良彥想請祂幫的不是這種忙。再說，聽了剛才那番話，良彥多多少少也明白祂不願觸動當時的記憶。

「把氣氛弄得那麼僵，我才該道歉。」

「不，沒這回事……」

「黃金的事，我會再想辦法的。」

良彥擠出笑容。都已經被吃掉了，該如何搭救？就算救出來了，黃金還活著嗎？良彥毫無把握，但是他不願意放棄希望。

⛩

和聰哲道別以後，良彥回到家。他從來沒有如此疲憊過，日期還沒變，便鑽進了被窩。身體明明和鉛塊一樣重，不知何去何從的不安與焦躁卻讓他睡不安穩，頻頻醒來。從窗簾縫隙間望見的天空逐漸泛白，就在他好不容易快熟睡之際，狀況毫無預警地發生了。

只聽見屋子咿軋作響，彷彿連人帶床被抬起又摔落的上下搖晃將良彥硬生生地拉回現實。當他清醒時，劇烈的左右搖晃已經開始了，胡亂堆放在書架上的漫畫應聲掉落，枕邊的智慧型手機總算發出了緊急地震警報，不協調音引人越發不安。桌上的電腦在一陣橫衝直撞之後滑落地板，滑輪椅滑到了房門口，砰一聲撞上門板，倒了下來。衣櫃櫃門彷彿帶有意志一般地開開闔闔，衣服、包包和收納箱一起飛出衣櫃，撞上床腳。良彥費了九牛二虎之力抓緊床鋪才沒被甩下來，只能茫然地看著整個家搖來晃去。

劇烈的搖晃持續不到一分鐘，但良彥感覺起來卻像是足足有五分鐘，甚至更久。搖晃好不容易停止了，可是地震警報還是像故障了一樣持續作響。該怎麼關掉它？良彥拿起手機，看到上頭顯示的紅色文字，整個背上都凍結了。

最大震度7強

震央：京都府南部

先前在歪斗秀上看到的地獄般的光景閃過腦海。

「『大改建』……」

良彥的喃喃自語幾乎不成聲，唯有為時已晚的事實擺於眼前。

下一瞬間，良彥彈了起來，衝出房間，猛敲隔壁的妹妹房門。

「晴南！晴南，妳沒事吧？」

門把還能轉動，可是門框似乎歪了，外開門文風不動。然而，比起這件事，更讓良彥擔心的是房裡完全沒有回應。妹妹不可能這麼早起，昨晚良彥還看到她在客廳裡看電視。

「晴南！」

良彥使盡渾身之力拉門，但事態並未改變。他心知一個人的力量不夠，連忙前往父母的房間。父母的房門一下子就打開了，可是房裡卻變得面目全非。母親的梳妝台椅子倒在門前，原本位於房間中央的床鋪撞破了通往陽台的落地窗，約有三分之一在外頭。衣櫃櫃門壞了，倒在地板上，掉出來的衣服和配件堆成了一座小山。這個房間裡有母親帶來的嫁妝桐木櫃，同樣是呈現倒在地板上的狀態。

「爸！媽！你們在哪裡？」

良彥撥開堆積如山的衣服，抬起衣櫃櫃門，突然發現一條穿著熟悉睡衣的「腿」。瞬間，他的腦門發冷，全身都冒出了雞皮疙瘩。

「——爸！」

這道近似哀號的呼喚有了微弱的回應。

「良彥……」

父親被橫倒的桐木櫃壓住，只有部分手腳和頭部勉強露出來。

「我立刻搬開，等我一下！」

良彥設法抬起桐木櫃，可是裝了母親收藏的和服與腰帶的櫃子比想像中的重了許多，任憑他如何咬緊牙關使出吃奶的力氣，仍舊文風不動。父親的身體似乎也不聽使喚，難以從些微的縫隙間爬出來。

「良彥，光靠你一個人是搬不動的。」

父親對奮戰的兒子說道。

「晴南呢？她沒事吧？」

「她的房門打不開，要進去只能破門而入……」

「你媽呢？」

「她沒和你在一起嗎？」

「她已經起床了。沒在一樓嗎？」

父親呼吸急促，額頭上冒出了冷汗，八成是倒地時受了傷。

「爸爸不要緊，你先去看看你媽的情況。還有晴南……」

說著，父親痛苦地皺起臉龐。

「我一定會馬上回來的。」

良彥握住父親的手說道，匆匆忙忙地跑下樓。

「媽！」

良彥一面呼喚，一面下樓，懷著不祥的預感，頭一件事就是打開廚房的門。只見櫥櫃裡掉出來的碗盤碎了一地，彷彿整個地板都鋪上了碎片。而在倒下的冰箱另一頭，他發現了頭部流血、失去意識的母親。

「媽！不要緊吧？」

良彥呼喚，但是母親並無反應。他跨過冰箱，奔向母親身邊，只見母親雙目緊閉，動也不動。良彥將母親抱到客廳，讓她躺在移了位的沙發上。母親還有呼吸，可是良彥完全慌了手腳，不知道該如何是好。父親和妹妹還困在二樓。

「叫救護車……不，救難隊？」

良彥喃喃說道，用智慧型手機撥了一一九，但只是一直傳來忙線音，完全沒有接通的跡象。不能再等下去了。如此判斷的良彥先用毛巾固定母親的頭部止血，並穿上布鞋，打算到附近找人幫忙。對面的房子半塌，圍牆崩落，電線桿傾倒，柏油路面產生了裂痕。環顧四周，到處都冒出了煙，穿著睡衣逃到路上的人們慌亂失措地哭喊著。有人連聲呼喚家人的名字，有人渾身是血、神情恍惚，還有幼童茫然地呆立於父母身旁。也有人拿著滅火器或水桶來回奔走。

「有沒有人……」

良彥擠出的聲音過於嘶啞，傳不到遠處。

「有沒有人……有沒有人可以幫幫忙？我爸爸和妹妹被困住了！」

他扯開嗓門大叫，可是沒有人注意他。大家都忙著照應自己的家人，無暇他顧。

「有沒有人！」

良彥遲疑了一會兒以後，奔向大主神社。那裡應該還有夜班的職員，說不定孝太郎也趕過去了。只要再多一個男丁，應該就能救出爸爸和妹妹。跑著跑著，他突然察覺腳上一陣疼痛，仔細一看，一塊偌大的玻璃碎片插在自己的左小腿上。是什麼時候受傷的？不過，他沒時間管這種小傷。他必須盡快救出兩人，帶他們和母親一起前往可以接受治療的地方。

塌陷的柏油路下方噴出了猛烈的水柱，或許是水管破裂了。良彥鑽過傾倒的電線桿底下，跑過瓦斯味瀰漫的道路，好不容易才抵達大主神社的參道。然而，他覺得景色似乎不太對勁，隨即才發現石階前的紅色大鳥居倒塌了，附近的燈籠也崩落一地。目睹這番慘狀，良彥一心只想著找人幫忙，跑上了變為波浪形的石階；跑到一半，他絆到腳，險些跌倒，及時用手抵住地面。不能在這種地方浪費時間，情況緊急，分秒必爭。當他爬到最上階時，察覺背後莫名明亮，便回頭觀看。

不知何故，平時被石階兩旁的樹木遮擋而看不見的景色在這個時候顯得格外鮮明開闊，彷彿是從更高處的視角往下俯瞰一般。

鴨川彼端的市街陷入了一片火海。

京都有許多木造房屋和寺院神社，一旦著火，便一發不可收拾。而現在一發不可收拾的事態就在眼前發生了。

「天啊……」

良彥現在真的軟了腳，膝蓋險些落地。熟悉的街道被火舌吞噬，化為灰燼；濛濛黑煙竄起，汙染了清晨的夏日天空。

「讓一讓！」

斜後方傳來尖銳的聲音，良彥茫然地回過頭來，只見兩個戴著安全帽、貌似救難隊員的人抬著躺了人的擔架匆匆忙忙地經過。這裡也有人受傷？良彥迷迷糊糊地目送他們經過身邊兩秒後，又立刻追上擔架，叫道：

「——穗乃香！」

白皙臉頰染上了紅色鮮血，躺在擔架上的，正是那個少女。

「穗乃香！」

良彥大叫，跳了起來，發現自己身在熟悉的床上，一時之間不明白是怎麼回事。櫃門緊閉的衣櫃，放在桌上的電腦，以及胡亂堆放在書架上的漫畫，全都一如睡前所見的光景。

「是夢？」

良彥喃喃說道，發現身上穿的T恤已經因為汗水而濕透了。連頭髮都是濕的，活像剛洗完澡。

「原來是夢……」

良彥再次確認似地說道，用雙手摀住臉龐，鬆了口大氣。好真實的夢。敲打妹妹房門的衝擊、握住父親的手及抱起母親的觸感，他全都記得一清二楚，彷彿一切都是現實。就連穗乃香白皙臉頰上的鮮血，都像是幾分鐘前才親眼目睹似的。

良彥下意識地抱住膝蓋，抵著額頭。他一方面慶幸只是場夢，一方面又覺得像是看見了不久之後就會發生的未來。荒脛巾神期望的「大改建」大概就是這樣吧！到時候，所有常伴左右的親朋好友都會輕易喪生。

時間是上午六點五十二分，爸媽差不多該起床了。窗簾的另一頭已經完全亮了，傳來了麻雀的叫聲。良彥躺在床上動也不動，卻又睡不著，只能繼續傾聽傳來的晨音。

⛩

良彥在睡眠不足的狀態之下勉強完成工作，回家的路上，他不由自主地走向大主神社。附近的大學正好剛下課，騎著自行車的學生就像河水一樣大舉流出了校門。良彥逆流而行，看見紅漆鳥居依然在原地，不禁鬆了口氣。燈籠和石階也和平時沒兩樣。四石社一如往常，靜靜地佇立於手水社彼端。或許是因為作了那樣的夢，「一如往常」的景色讓他好生感激。

「黃金……」

良彥在四石社前呼喚狐神的名字。

或許祂回到這裡來了。

連良彥自己都覺得很蠢，但他還是忍不住抱著期待仰望小神社。依黃金的性格，搞不好咕噥一句巧克力，祂就會飛奔而來。

「我到底有多了解祂？」

西方的金龍。被如此稱呼的祂真的和自己認識的黃金是同樣的神明嗎？良彥沒有確切的證據。他既不知道黃金有個叫做東方黑龍的兄弟，也不知道祂是國之常立神的眷屬。仔細想想，良彥從未聽祂提過自己的過去，而良彥也不曾問過。

祂在身旁是那麼地理所當然。

以至於良彥從未想過會有告終的一天。

良彥踩著沉重的腳步爬上石階，與夢中一樣回顧身後。在石階兩側的茂密枝葉遮擋之下，他連剛才穿過的鳥居都看不見。別的不說，從這個高度放眼望去，根本看不到鴨川的對岸。確認了這件事，他才重新認識到那確實是場夢。

良彥一路走到大天宮前方，從中門往內窺探。他看到的是平凡無奇、一如平時的風景，不過社殿裡頭大概還在開會吧！他嘆了口氣，在中門前二拜二拍手一拜之後，走下通往本宮的坡道。

「良彥。」

良彥原本打算直接回家，不去社務所打招呼，但一名身穿白紋紫袴的男性正好從本宮走出來，叫住了他。

「啊，宮司先生。」

見到熟面孔，良彥點頭致意。他是這座神社的宮司，也就是穗乃香的父親。因為孝太郎的緣故，良彥常來這裡，名字和長相都被記住了。

「上次很抱歉，拜託你幫了那麼多的忙。」

「不，一點小事而已，而且還有西瓜可以吃。」

「要不要順便進來坐坐？有人送水羊羹給我們。」

宮司招手示意良彥前往社務所。良彥原本打算直接回家，但又不好意思拒絕，只好接受他的好意。

「怎麼，你又想打掃了？」

正好走出儲藏室的孝太郎一看見良彥，便說出了不祥的話語。

「怎麼可能？別說得好像我很愛打掃一樣。」

「你的打工不就是打掃嗎？而且不久以後可能會轉正職。」

「這就是你拜託我打掃的根據嗎？」

宮司一面笑聽兩人一如往常地鬥嘴，一面走進社務所。

「宮司先生說有水羊羹可以吃。」

「啊，這麼一提，氏子送了一堆給我們。」

孝太郎抱著紙箱走向授予所。良彥沒有立刻走進社務所，而是窺探儲藏室旁的種植箱裡的杉樹插枝。雖然看起來和上次差不多，不過既然沒有枯萎，代表插枝應該是成功的。

「總算長出根來了。」

聞言，良彥回過了頭，只見宮司拿著兩塊水羊羹，面露微笑。

「接下來就看它能不能平安長大了。」

「什麼時候移植？」

「業者說大概還要兩年才能種到土裡。」

「兩年？」

「人類兩歲的時候也還是嬰兒吧？」

經宮司這麼一說，倒也有理。良彥有種恍然大悟的感覺。如果是蔬菜或花卉，兩年或許很長，但杉樹只要有良好的環境，可以活上幾千年，兩年只是一眨眼而已。

「我和這棵杉樹是老交情了。我跟它是同一年生的，常常和它比身高，只可惜轉眼間就被它追過了。」

宮司招手示意良彥到陽台上。他們並肩坐了下來，拆開水羊羹的包裝。用透明塑膠湯匙舀起的冰涼甜點吃起來十分順口。

「幸好還能插枝。」

「季節有點過晚，我原本還擔心長不出根。」

宮司面露苦笑，望向種著插穗的種植箱。

「昨天以前還常伴左右的事物突然消失，感覺就像是自己的一部分也跟著不見了。」

良彥忍不住停下拿著湯匙的手，屏住呼吸。這句突如其來的話語讓他一陣鼻酸。為了掩飾濕潤的眼眶，他拚命地眨眼。腦海裡浮現了那一天在這裡吃西瓜的情景。當時有孝太郎，有穗乃香，有辦差事時相識的眾神，還有黃金。不過是兩週前的事，感覺起來卻像是很久以前。這樣的日常生活如今也籠罩在荒脛巾神的「大改建」陰影之下。

昨天以前還常伴左右的事物。

或許會在不久的將來全數失去。

就像那場夢一樣，被混凝土塊壓扁，在紅色烈焰中燃燒殆盡。

朋友、家人、城市、風景。

還有吃著別人送的水羊羹這種平凡無奇的夏日午後。

這件事冷不防地席捲了良彥的心頭。他的腦子雖然明白這個道理，卻直到此刻才猛然驚覺珍惜的事物有多麼脆弱。

事實上，黃金已經消失了。

良彥只聽到祂被一口吃掉的下場。

「良彥？」

宮司擔心不發一語的良彥，喚了他一聲。

「抱歉，最近淚腺變得很脆弱。」

良彥一面擦拭克制不住的淚水，一面擠出笑容。

「天底下沒有永遠存在的事物，就連自己也不曉得哪一天會死，為什麼人總是對失去的東西戀戀不捨呢？啊，這不是在諷刺。」

「我知道。再說，我的確捨不得那棵杉樹。」

宮司仰望屋簷彼端的夏季天空。

「虧我還是個祈求平安的神職人員，居然要等到失去了以後，才發現平凡無奇的每一天是多麼可愛、多麼寶貴。」

平凡無奇的每一天。這句話意外地打動了良彥。或許有人會覺得這樣很無聊，但是對於現在的良彥而言，這是他求之不得的生活。

「執著、固執、執念……說法有很多種，每個人傾注感情的方式也不盡相同……不過，我個人寧願把它稱之為愛。」

良彥擦拭滑落下巴的淚水。

扒入口中的水羊羹帶有些許鹹味。

他好想念那隻會向他抱怨「為什麼沒留一份給我」的狐狸。

良彥帶著宮司讓他帶回去給家人吃的三份水羊羹，踏上了歸途。家人都還沒回家，家中的熱氣悶得他快冒出滿頭大汗。

一回到房間，良彥就立刻打開空調，並從包包裡拿出不知幾時間跑進去的宣之言書。只要相隔一段距離，和自己的脖子以緒帶相連的宣之言書便會自動跟上來；雖然外觀與普通的御朱印帳沒有兩樣，但無論翻多少頁，剩餘的頁數都不會減少，紙張無限相連。敬福朱印的隔頁尚未浮現任何神名。如果上頭出現荒脛巾神的名字，至少自己可以有個冠冕堂皇的名目介入這件事。

良彥將頁面往回翻，打開了方位神的名字首次出現的那一頁。當時他還不知道要蓋朱印，趁著黃金睡覺時硬生生地抓著祂的腳掌沾印泥捺印。歪七扭八的掌印躍然於墨字之上。良彥望著掌印，突然想起水羊羹還擱在桌子上，便起身去把水羊羹放進冰箱裡。繼續沉浸於感傷之中，也想不出任何辦法。良彥下了樓，打開廚房裡的冰箱，愣了幾秒鐘。若是母親在場，看到他呆呆地杵在冰箱前，鐵定要斥喝他：「快關起來，冷氣都跑掉了！」他暫且關上冰箱，又再次打開確認。妹妹似乎還沒吃掉。

「是啊……我就知道。」

良彥沐浴在冷氣之下，茫然地喃喃自語。

須佐之男命要人類別插手，而唯一找到的線索田村麻呂也輕易地斷了。別的先不說，為何黃金會跑去找荒脛巾神？為何事前沒跟良彥說一聲？莫非祂真的和荒脛巾神是一夥的？這些疑惑不時地冒出頭。

呼！肩膀放鬆下來，一股笑意同時從體內湧上，良彥忍不住笑了起來。他一屁股坐下，駝起背部，不知何故，眼角滲出了淚水。

「等著吧！」

不知那隻狐狸可有聽見這句話？

二

這一天，大國主神在出席大天宮連日召開的會議之後，就像是返回長期住宿的飯店一樣，輕鬆自在地回到良彥的房間。

「都到這個關頭了，國之常立神為什麼不快點出面啊？那個老頭到底在猶豫什麼？都是因為祂不出面，這種愚蠢的會議才會開個沒完。」

大國主神占據了良彥的床鋪，大發牢騷。良彥可以理解祂的心情。到頭來，就是因為國之常立神不出面，才會陷入這般僵局。良彥也不明白國之常立神為何不出面。再繼續等下去，或許只是浪費時間而已。

「欸，我有話要跟祢說。」

良彥鄭重地說道，大國主神詫異地坐起身子。
「怎麼了？是想去酒店散心嗎？」
「不是。我有更想去的地方。」
宣之言書的最新頁依然是一片空白。
既沒有荒脛巾神的名字，也沒有方位神的名字。
所以良彥就不能採取任何行動嗎？
答案是否定的。
「我想去找荒脛巾神。」
良彥告知，大國主神只能啞然無語地回望著他。
「應該說我已經決定了才對，跟祢報告一下。我會出門兩、三天。」
「啊？咦……等……」
「我想當面向荒脛巾神確認幾件事。『大改建』的事，黃金的事，還有蝦夷的事。」
在這裡哭哭啼啼的，無法改變什麼。
這不是自己能做什麼的問題，而是要不要做的問題。
「……你在說什麼？」

一臉錯愕的大國主神終於擠出了這句話。

「哎，咦……說真的，你到底在說什麼？這樣太胡來了！」

「是不是胡來，要去了才知道。」

「不不不，不用去也知道！這可不是辦差事啊！對方打算連凡人一起把我們全滅了耶！連有沒有說話的機會都是個問題。再說，你又看不見荒脛巾神——」

「有黃金在。」

良彥筆直地回望大國主神。

「荒脛巾神體內有黃金，我應該看得見。」

這是個賭注，然而不知何故，良彥確信一定行得通。

「要是國之常立神一直不出面，演變成全面戰爭，或許就沒機會救出黃金了。再說，如果能把荒脛巾神和黃金分開，或許荒脛巾神就會失去引發『大改建』的力量。」

聞言，大國主神一時語塞，轉念一想，又開口說道：

「或許是吧！可是就算你去了，也不見得能夠救出黃金啊！我很不想這麼說……祂可是被吃掉了耶！依建御雷之男神的說法，祂們已經同化了。再說——」

大國主神欲言又止，像是在尋找言詞。良彥察覺了，替祂說下去：

「再說，也不知道黃金和祂是不是真的不是一夥的？」
良彥的視線和一臉尷尬的大國主神對上了。他得意洋洋地俯視著大國主神。
「不要緊。關於這一點，我在剛才已經百分之百確定了。」
「咦？剛才？」
被耍得團團轉的大國主神用高了八度的聲音詢問。
良彥堅定地點了點頭，說道：
「黃金還沒吃『完整橘子Q彈冰果凍』。」
大國主神不解其意，默默地眨了眨眼。
「祂說那是祂要吃的，叫我別動，可是卻沒吃掉，可見是發生了不測的事態。祂是被拖下水的。既然這樣，當然得去救祂啊！」
「等……」
「所以我明天就會出發。」
「明天？」
「嗯，我已經上網買了夜行巴士的車票，打工也已經請好假了，明天晚上出發。」
「咦？等、等一下！你是認真的嗎？不、不行，我不能讓你去！」

「為什麼？」

「為什麼……現在眾神齊聚一堂，正在討論該怎麼做，要是你在這種關頭擅自行動──」

「咦？是祢岳父說這件事和人類無關的，既然無關，我去了也沒問題吧？」

大國主神顯然答不上話。祂張開嘴巴，試圖反駁，又閉上嘴巴，接著又張開嘴巴，最後氣力耗盡，倒向床鋪。見狀，良彥像是在宣告勝利似地舉起拳頭。

「別擔心，我不會給祢們添麻煩的。」

良彥對虛脫無力的大國主神如此說道。

最壞的情況，就是一片樹葉凋零而已。

對於眾神而言，不過是日常一景。

良彥一如往常地吃完母親煮的晚餐，邊和妹妹爭奪遙控器邊看電視，並和父親閒聊家庭菜園的狀況。他重看喜歡的漫畫，確認平時常收看的影片頻道，洗了個澡，回到房間時，大國主神已經消失無蹤了。

這樣也好。良彥不想把祂拖下水。

這是他自己的決定。

⛩

良彥沒把要去鹽竈神社找荒脛巾神的事告訴穗乃香。一來是因為不想讓她擔心，二來是怕她說要一起去。這並不是悠閒的觀光旅行。怨恨人世、吞食兄弟的荒脛巾神會如何對付人類無從預測，不能帶她到那種地方去；因此，他才搭上了夜行巴士，獨自前往。

「祢怎麼會在這裡？」

自己的座位旁邊的靠窗座位上有道熟悉的身影，身穿連帽上衣，一臉不悅地拄著臉頰，一雙長腿無處可放；祂一看到良彥，便用下巴指了指靠走道的座位。

「隔壁沒人坐。」

「不，這是對號座。」

「沒人坐。」

「祢是要我坐下？」

良彥放下背包，戰戰兢兢地往座位坐了下來。原以為祂會貫徹事不關己的態度，沒想到會出現這種意外的發展。

「祢在生氣？」

「沒有。」

「話說回來，祢怎麼會在這裡？我本來是要自己——」

話才說到一半，良彥的胸口就被硬生生地揪住了。

「聽了那番話，你以為我會讓你一個人去嗎？」

大國主神凶巴巴地說道，距離近得鼻頭都快湊在一起了。良彥不禁倒抽了一口氣。

「……祢用不著跟來的。」

「如果可以不去，我也不想去。可是我都聽見你說要去了，就算我阻止，你大概也不會聽；要是放著不管，我怕晚上會睡不好覺。」

大國主神放開揪住良彥胸口的手，嘆了一口大氣。行經神戶與大阪的巴士已經坐滿了六成，從京都上車的乘客包含良彥在內，共有五組人。

「不過，我不會幫忙，只是旁觀而已。有我在，荒脛巾神就不會對凡人亂來了……應該不會。」

大國主神再次一臉不快地拄起臉頰。看著祂的側臉，良彥用力咬緊牙根，裝出若無其事的模樣。天底下還有比祂更可靠的同伴嗎？

「只不過，有句話我要說在前頭。」

大國主神再度將視線轉向良彥，說道：

「你最好想像一下你走了以後會有多少人傷心。凡人很脆弱，脆弱又無常。即使心靈相通，也會在轉瞬間消逝。」

大國主神鮮少露出這種感傷的眼神，讓良彥有些好奇。良彥有種感覺，祂應該不只是在說自己。

「所以你要更加珍惜一起活在這一刻的奇蹟。」

「我知道。」

良彥乖乖地點了點頭。不知何故，穗乃香的身影閃過了腦海。

發車時間到了，巴士開始緩緩地駛動。

看來前往仙台的這一夜是睡不著了。

⛩

從仙台站搭乘電車，不到三十分鐘即可抵達當地的車站，接著只要再步行十五分鐘，就是荒脛巾神占據的神社了。雖然良彥感覺不到，一進入仙台，大國主神便因為荒脛巾神的濃厚氣息而起雞皮疙瘩，抵達車站時更是露骨地皺起眉頭。

「真羨慕你，聽不見那種聲音……」

走向神社的路上，大國主神頻頻摀住雙耳，如此嘀咕。

「什麼聲音？」

「淒厲的咆哮聲，警告我們別靠近。」

良彥只聽得見車子在馬路上行駛的聲音，不過大國主神似乎聽見了不尋常的聲音。

「祂已經察覺我們了？」

「那當然。祂認不認得你我不知道，出雲之王來了，怎麼可能渾然不覺？」

大國主神以一如平時的態度回答，停下來等紅綠燈時，又喃喃說了一句：

「好討厭的聲音，聽起來活像哀號。」

良彥朝著目前還看不見的神社望去。如果荒脛巾神是在哀號，祂究竟想訴說什麼？怨懟？憎恨？還是——

不久後，神社矗立的台地映入了視野。大國主神向良彥說明本殿一帶是籠罩於半圓形的巨大結界之中。

「不愧是建御雷之男神的結界，沒有半點空隙。哎，這樣對方應該積了不少壓力吧！」

大國主神打從剛才就一直朝著天空伸出右手，做出釋放某種東西的動作。根據祂的說法，祂是要精靈替祂傳話，表明自己沒有敵意，但是精靈畏懼荒脛巾神，不願靠近神社。

「拜託啦！我知道祢們是乖孩子。傳完話就可以回來了。」

大國主神設法安撫並送走精靈以後，長嘆一聲。

「祢是不是後悔跟來了？」

每當有車子駛過，就有一陣熱風吹向步道。良彥如此詢問，而大國主神啼笑皆非地回答：

「這點狀況還在預料之中。再說，要是我現在自己回去，一定會挨須勢理的罵。」

良彥沒有說話，只是微微一笑。依須勢理毘賣的個性，鐵定曾再三叮嚀丈夫和良彥一起回來，搞不好還想跟來。然而，大國主神最終是隻身前來，理由想必與良彥一樣吧！

燈號轉為綠燈，一人一神再次邁開腳步。

通往台地上的神社的路有好幾條，良彥與大國主神毫不猶豫地選擇從表參道正面突破。穿過厚重的石造鳥居以後，是道筆直延伸至隨神門的長階。良彥他們隨著其他香客走上意外陡急的石階，在通往本殿的唐門前停下了腳步。目前良彥本身沒有任何變化，但是大國主神的臉色顯然變差了；只見祂隨手擦掉滑落下巴的汗水，一臉厭煩地凝視本殿。

「不要緊吧？」

良彥詢問，大國主神輕輕舉起右手回應。

「咆哮已經停止了，可是結界之中傳來了很強的壓力。哎，我也沒期待祂歡迎我們就是了。」

「要休息一下嗎？」

「不用了，休息了也沒差。」

走吧！大國主神說道，輕輕地拍了良彥的背部一下，大概是替他提升眼力吧！良彥吸了口氣，做好覺悟，穿過了唐門。瞬間，周圍的聲音就像浪潮一樣退去，香客的身影也倏然消失無蹤。比平時略微黯淡的景色在良彥的周圍拓展開來。

「大國——」

良彥原想詢問發生了什麼事，又重新將眼睛轉向視野邊緣捕捉到的東西。正面有座拜殿，用來參拜奉祀建御雷之男神的左宮本殿與奉祀經津主神的右宮本殿；而拜殿前方有個人獨自佇立，穿著沒看過的幾何圖案衣服，留著一頭烏黑的長髮，體型像是女性，臉孔雖然對著良彥，卻像是漆成了黑色似的，看不見眼鼻口。

「那不是本神。本神出不了設有結界的本殿，那只是個傀儡。」

大國主神在良彥身旁氣喘吁吁地說道。

「好驚人，沒想到身在結界之中依然有這等本事。這一帶設下的清場結界也是出自於祢的手筆吧？」

良彥靜靜地倒抽了一口氣，再次將視線轉向傀儡。從那張漆黑的臉孔無法窺知任何感情。

「──祢的目的是什麼？」

不久後，傀儡發出了聲音。說來意外，那是道纖細的女聲。

「出雲之王如今也淪為大和神的走狗了嗎？」

「很不巧，我沒那麼溫順。如果我是乖乖聽話的走狗，就會將他五花大綁，不讓他來這裡了。」

大國主神耍著嘴皮，做了個深呼吸，調勻氣息。

良彥可以感覺到傀儡在聽了大國主神的一番話之後，將意識轉向了自己。祂的臉上雖然沒有眼睛，良彥卻有種被注視的感覺，皮膚都起了雞皮疙瘩。沒想到除了須佐之男命以外，還有神明能夠如此威壓大國主神。

「你──是誰？」

傀儡詢問，良彥硬生生地撬開乾燥的嘴巴。

「萩原良彥。」

良彥清楚地報上名字，傀儡卻是反應平平。他握住拳頭，繼續說道：

「我來這裡，是有事要求祢。」

雖然幾乎沒有計畫可言，良彥照著昨晚在巴士裡和大國主神講好的那樣說道：

「能不能讓我和黃金……和金龍見面？」

這次的目的是和建御雷之男神看到的金龍見面。雖然可以溝通的可能性很低，但總比正面請求荒脛巾神撤回「大改建」要來得有希望。

傀儡思索片刻，緩緩說道：

「你和西方的兄弟是什麼關係？」

祂的聲音似乎有些慌亂，又像是隱含怒意。

「我是差使，和黃金住在一起。不過，今天我不是來辦差事的——」

良彥放大音量，掩飾聲音中的顫抖。

「我知道祢對人類及大和神明抱持的看法。老實說，關於這一點，我沒有權利說三道四。只不過……我想和黃金見面。祂幫過我不少忙，或許這是最後一面了。」

說到最後兩字，良彥不禁淚水盈眶。他今天來到這裡，正是為了不讓這次的會面變成最後一面。

「——不行。」

傀儡用僵硬的聲音回答。

「西方兄弟的意識正要與我融為一體。這麼一想，你想見面的心願也算是達成了。」

傀儡用手摀著嘴巴，似乎在笑。

良彥與大國主神面面相覷。已經來不及了嗎？救不回黃金，就阻止不了「大改建」。

「死心吧！西方的兄弟與我已經分不開了。懷抱同樣空虛的龍合而為一，只是時間的問題。」

「等等，至少讓我和本體見面，而不是傀儡——」

「不行。」

傀儡回以強硬的聲音，同時，良彥的正面颳來了一陣強風；明明是盛夏，卻冰冷得令他幾乎凍結。

「——原來你就是良彥啊！兄弟記憶裡的……人類……差使……」

傀儡微微抖動歪起的頭，用和機械一樣平板的聲音喃喃說道。

「兄弟奪走了我的一切，自己居然過得如此逍遙自在……」

傀儡掙扎似地抓著自己的胸口，雙腳一軟，跪倒在地。接著，祂的身影彷彿滲入了空氣之中，逐漸模糊變形。良彥與大國主神不明白究竟發生了什麼事，只能杵於原地。

「豈有此理……我陷入了那麼痛苦、那麼悲哀的長眠……為何……兄弟卻……」

瞬間，本殿方向傳來了一道劃裂空氣的咆哮。那並非警戒聲或威嚇聲，而是種近似情感爆發時的尖叫聲，大概是荒脛巾神的本體發出來的吧！同時，腳下猶如地震一般開始響動。

「不行，良彥，再待下去太危險了！」

大國主神拉著良彥的手臂，打算走出唐門。

「可是，還沒救出黃金！」

「建御雷之男神說過了吧？現在的荒脛巾神神志不清！別把祂和你過去見過的神明混為一談！」

良彥再次望向本殿。好不容易來到附近，卻一無所獲，只能摸著鼻子乖乖回去嗎？

「黃金！」

良彥使盡全身的力氣大叫。

「黃金！是我！快回答！」

「住口！」

蹲在地上的傀儡將黑色臉孔轉向他，身體依舊呈現不安定的狀態。

「為什麼不是我？」

傀儡如此大叫，搖搖晃晃地站了起來。

「我明明也一樣，為什麼……為什麼只有我經歷那種痛苦？為什麼只有兄弟，只有兄弟

——可以和你一起生活？」

良彥不明白傀儡在說什麼，困惑地杵在原地。

「兄弟……兄弟該跟我一樣才對！」

「良彥，別理祂！」

「為什麼——」

如此大叫的傀儡釋放了一陣驟風。被祂一把抓住的風之精靈化為利刃，射向了良彥。

「良彥！」

大國主神急忙上前抵擋，但未能抵銷力量，被吹向後方，撞上了唐門，無力地摔落地面。

「大國主神！」

良彥奔向祂，前方突然有道黑影閃過；隨即，傀儡從天而降，將他壓倒在地。良彥撞上石

板，全身一陣劇痛，喘不過氣來。

「兄弟傷心，我也傷心，所以合而為一。」

傀儡呆板地說著這句話，用掌中冒出的空氣塊毆打良彥的臉頰，緊接著是肩膀、胸膛和腹部，最後又抓起一把風砸向良彥。被迫變形的精靈發出的哀號聲掠過耳朵，良彥同時聽見自己全身上下的骨頭吱吱作響的聲音。

「不需要，不需要你。快消失，快消失，快消失。」

縱使想反抗，良彥已經連一根手指也動不了了。麻痺感比疼痛感更為強烈，他無法吸氣。

「你最好消失，你最好消失……就連×××……也已經不在了……」

傀儡迷迷糊糊地說道。說到後半時，祂停下了動作。良彥沒聽清楚，只知道祂似乎是在呼喚某人的名字。然而，傀儡隨即回過神來，緩緩地朝著良彥的脖子伸出了手。

「你要當祭品，當獻給神明的供品。兄弟一定也贊成這麼做。」

在意識朦朧之間，良彥知道自己的脖子被勒住，眼前逐漸變紅。他連掙扎的力氣也不剩，話語無聲無息地脫口而出。

黃金——

此時，傀儡的臉孔微微地發出了劈啪聲。下一瞬間，祂的右半張臉爆開了，就像玻璃碎裂時一樣，發出尖銳的聲音，碎片如花瓣般飛舞。漆黑的部分剝落，良彥確確實實地看見了底下的黃綠色眼睛。

「別動！」

一道並非大國主神的年輕男聲傳來，只見跨坐在良彥身上的傀儡被某種柔韌如鞭的東西彈開了。同時，某種物體開始包覆良彥，彷彿在保護他一般；感覺起來冰冰涼涼的，還有股直竄鼻腔的樹香味。

「良彥！」

如此呼喚的是大國主神的聲音。良彥只知道祂在詢問「你不要緊吧？」但無法回答，就這麼失去了意識。

三

當良彥醒來時，發現周圍有幾顆大光球漂浮著。這些大小足以容納自己的光球宛若在徐緩的河裡漂流一般，朝著固定的方向移動；其中也有不規則移動的光球，被這種光球彈開的光球又將其他光球彈開，在奔流之中製造出各式各樣的動態。良彥不知道那究竟是什麼，只是迷迷糊糊地眺望著，覺得好美。這裡是哪裡？這樣的疑問存在於腦海一隅，可是他實在提不起勁去思索。長時間眺望光球，他察覺每顆光球的顏色都有微妙的差異。有的接近藍色，有的接近黃色，有的是淡桃紅色，有的是綠色。不曉得有什麼不同？良彥窺探手邊的黃色光球，瞬間，陌生的影像流入了良彥的腦中。那是很久很久以前，人們還穿著樸素麻布衣的年代，一個小男孩和貌似妹妹的小女孩一起奔跑的影像。良彥窺探另一顆光球，這回流入腦中的是那個小男孩和家人一起祈禱的影像。

意識終於清晰的良彥察覺自己的身體也和光球一起漂流著；雖然緩緩地持續流動，如果心裡想著要前往某個方向，便能夠逆流朝著那個方向移動。良彥窺探在附近漂流的藍色光球，小男孩坐在某人的屍首旁邊的影像傳入腦內。

這是這個少年的記憶嗎？

良彥暗想，但若是如此，為何不是少年的視角？影像幾乎都是從特定場所看到的景色。

「啊——」

良彥從窺探的光球抬起頭來，發現有顆光球朝著自己飛來；他還來不及閃避，光球便撞上了他，並穿透他的身體。瞬間，大量的影像流入腦海。一瞬間的光芒之中以比快轉快上數倍的速度塞入了數小時分量的資訊。

每天的禮拜。

對於神明的敬畏。

闔家團圓的和樂。

質樸安穩的生活。

製作土器的營生。

對於伐木挖土的感謝之心。

以及紫色的小花。

這是某人看著這家人時留下的記憶。

不屬於自己的感情流入心中，良彥發現自己在哭；不聽使喚的淚水不斷從雙眼湧出。

下著綿綿細雨的森林中，躺在矮草上的少年。

看著他的某人所感受到的糾葛、煩惱與悲傷。

無法伸出的援手，無處宣洩的情感。

不久後，良彥發現有隻狐狸以側臉對著自己，獨自坐在許多光球流來的上游。

「……黃金？」

狐狸的視線前端有個損壞的土器。必須用雙手才能拿起的大土器似乎是甕，表面繪著六角形圖案。

「黃金。」

良彥放大音量，但狐狸一動也不動。良彥試著接近對方，然而任憑他如何掙扎，距離始終沒有縮短。

「黃金！」

之後，巨大的水流將良彥沖走，狐狸離他越來越遠了。

「黃金！」

良彥伸出手來，可是無情的距離阻隔了他們。

「黃——」

「你要叫幾次？」

聽了這道聲音，良彥驚訝地瞪大眼睛。

眼前有位長鬚老人在窺探著自己。良彥覺得有點眼熟，卻想不起在哪兒見過。

「終於醒啦？你說了好多夢話，是看見了誰的記憶嗎？」

老人嘿咻一聲，打直腰桿，在空無一物的空間坐了下來，彷彿那兒有張看不見的椅子似的。良彥用手抵著地板，想要坐起身子，手卻有種緩緩下沉的感覺；他連忙確認地板。

「這是什麼……」

手底下根本沒有地板。良彥確實觸及了某種柔軟的物體，但就像空氣層一樣，無法用肉眼捕捉。如果靜止不動，就不會繼續下沉。良彥小心翼翼地就地坐起身子，默默地環顧周圍。這裡沒有地板，也沒有天花板，只有一整片的黑色空間；明明沒有光源，卻能清楚地看見自己與老人的身影，實在不可思議。

「你只是個凡人，卻這麼胡來。」

老人穿著袖子很長的奇妙服裝，看起來有點像和服；一面撫摸下巴的白鬚，一面嘻嘻笑道。

「差點就得去陰間報到了。」

「陰間？」

良彥喃喃說道，這才回想起來。

「——啊，咦？我怎麼了？」

自己確實被荒脛巾神的傀儡痛毆了一頓。他連忙摸索身體，可是別說被毆打的痕跡了，身上連個傷口也沒有。

「現在檢查也沒用，那不是肉體。你的肉體在千鈞一髮之際被大國主神帶走了。」

「是、是嗎？」

良彥鬆了口氣。與祂同行果然是正確的選擇。

「呃，那這裡是？我還回得去嗎？」

莫非現在的自己正處於瀕死或命危？良彥戰兢地詢問，而老人極為乾脆地點了頭。

「回得去。這裡是現實與夢境的夾縫，神與人交流的場所。是外亦是內，是內亦是外。」

「是外亦是內？」

「正面就是反面，反面就是正面的意思。對於現在的你而言，或許還太難懂了。」

老人笑著對良彥招了招手。良彥彷彿被無形的力量拉了起來，走到老人面前。看不見的地板依然柔軟，感覺宛若走在低回彈素材之上。

「人很快就會死，用不著急著尋死。別胡來，我可不想聽敏益發牢騷。」

老人聳了聳肩，如此忠告。聽了這句話，良彥才想起這個老人是誰。

「啊——祢是給我宣之言書的老爺爺！」

「怎麼，你現在才發現？」

老人有點不滿地仰望良彥。

「哎，畢竟只見過一次面……話說回來，祢是誰？」

良彥知道祂大概是神明，但是並不清楚祂的詳細來歷。

「我就是那隻狐狸口中的『大神』。」

「咦？那在宣之言書上派差事的就是——」

「我。」

大神笑咪咪地給了肯定的答覆。

面對這個輕易揭曉的事實，良彥茫然呆立了片刻。話說回來，為何會在這裡和祂重逢？

「抱歉，讓你遇上這種事，是我的過錯。」

大神彷彿看出了良彥的疑惑，突然如此說道：

「無論是黑龍、金龍、大和的眾神或凡人，我都不能偏袒，這是我的職責。相對地，所有發生的事，我會概括承受，因為一切都是在我的身上發生的。」

大神平靜但清楚地說道。祂的話語在現場微微地迴盪。

「祢該不會就是……國之常立神吧？」

良彥詢問，大神沒有回答，只是微微一笑。

「不，現在不是笑的時候！祢不出面，大家都很傷腦筋耶！黃金說不定還有救啊！祢知道自己的眷屬現在變成什麼樣嗎？」

良彥忍不住大聲說話，大神為難地看著他。

「你聽見我剛才說的話了嗎？」

「聽見了，可是！」

祂打算置之不理嗎？惹事的可是自己的眷屬啊！

「剛才我也說了，我不能偏袒任何一方，只能在這裡見證毀滅；見證之後，再依照根源神的意志促其重生。我是在這個約定之下，將一切託付給大日孁女……天照太御神，並派遣眷屬龍守護大地。」

「可是祢的龍吞了兄弟龍，打算引發『大改建』。」

良彥立刻訴之以理：

「再這樣下去，說不定『大改建』真的會發生，這樣行嗎？」

「不是行不行的問題。無論再怎麼求我，我『什麼事也不能做』。我能做的只有『毀滅與重生』。」

「不，可是……」

「那我反過來問你。」

大神目不轉睛地凝視著良彥，問道：

「你的想法是？」

「我的想法……」

「你能接受『大改建』嗎？」

「當然不能！」

良彥立即否定。誰會期望毀滅？

「可是，要是神明真的實行這件事，我一個人根本無力回天！所以我現在才到處奔走，如果能夠救回黃金，或許也能夠阻止『大改建』——」

「奔走的只有你一個人嗎？」

「不能說只有我一個人，應該是兩個人？還有全部的神明。」

「真的只有兩個凡人？」

「咦？什麼意思？除了我和穗乃香以外還有別人嗎？」

「只有兩個啊……真讓我失望。」

大神裝模作樣地嘆了口氣，垂下肩膀。

「因為知道『大改建』即將發生的人類只有我和穗乃香而已。難道還有其他人？」

「不曉得。或許有，或許沒有。」

大神答得相當乾脆，良彥越發混亂，皺起了眉頭。這個老爺爺究竟想說什麼？

大神笑咪咪地說道：

「神因人敬而增威，人因神德而添運。神為人，人亦為神。就是這麼回事。」

「不，我完全不懂。」

良彥一本正經地回答。祂不能說得更淺顯易懂一點嗎？最好是傻子也聽得懂的程度。

「好了。」

大神打斷打算追問的良彥，站了起來。

「你該回去了。女娃兒從剛才就一直大發雷霆。那孩子很少氣成那樣，大國主神有點可憐。」

大神抖動肩膀嘻嘻笑道，朝著良彥伸出了右手；良彥被襲來的風壓吹得往後倒，他並沒有撞上柔軟的地板，而是頭下腳上，開始墜落。

「哇！等等，咦咦咦咦——」

至少先預告一下吧！這句怨言並未成功傳達，當良彥的視野映出了向他揮手的大神時，意識便中斷了。

⛩

這一天，雖然大學已經開始放暑假，由於荒脛巾神與黃金的事而連日煩憂的穗乃香為了轉換心情，便在太陽下山以後出門散步，順便乘涼。白天，她寄了封郵件，詢問良彥有沒有從成天待在他家的大國主神口中得知任何新消息，但是至今仍未收到回信。大概還在打工吧！就在穗乃香如此暗忖之際，某處似乎傳來了呼喚聲，她便停下了腳步。

「啊、呃，抱歉。」

用充滿歉意的聲音向她攀談的，是上次和良彥在一起的那尊名叫聰哲的男神。後來他們立刻就道別了，沒聊上幾句話。

「您是不是天眼姑娘？」

「沒、沒錯。有什麼事嗎？」

從行道樹下走出來的聰哲一臉困擾地抓了抓腦袋。

「老實說，我有事相告差使兄，前來拜訪，但他似乎一早就出門了。詢問大年神老爺，祂說今天應該沒有打工才是，所以想請教您是否知道他去了哪裡……」

大年神居然知道良彥的行程？穗乃香莫名地佩服起來。如果不是打工，應該是單純外出吧！

「是急事嗎？」

聽哲大概是等不及，所以在市內到處閒晃碰運氣。只見祂視線游移，搜索言詞，支支吾吾地說道：

「前些天讓差使兄大失所望，我想再次向他致歉，還有，關於田村麻呂老爺，我有尚未相告之事……」

見聽哲如此惶恐又失落，穗乃香於心不忍，便拿出智慧型手機打電話。雖然不知道祂和良彥之間發生了什麼事，既然祂想見良彥，還是安排他們見面比較好。

「沒接……」

嘟嘟聲持續響起，超過一定次數以後便轉入語音留言服務。平時的良彥會很快接聽。

「是不是在看電影之類的？」

為了慎重起見，穗乃香又撥了一次，還是一樣轉入語音留言服務。

「對不起，電話還是打不通，呃，怎麼辦……」

就這麼扔下聽哲，未免太可憐了。是不是該暫且帶祂回家等候？就在穗乃香尋思之際，手上的智慧型手機響了。

「啊！」

液晶螢幕上顯示的是良彥的號碼。穗乃香和聰哲都鬆了口氣，按下了通話鍵。

「喂？良彥先生？」

她呼喚道，可是並沒有傳來平時的聲音。電話明明接通了，無聲狀態卻持續了好幾秒。

「……良彥先生？」

她再度呼喚，這回隱約傳來了嘆息似的呼吸聲。

『——穗乃香。』

在不久之後呼喚她的名字的，是一道成年女性的聲音；說來不可思議，聲音之中同時帶有緊張與強自壓抑緊張的色彩。穗乃香對這道聲音有印象，困惑地問道：

「須勢理毘賣娘娘？」

話一說出口，便有股不祥的氣息從腳邊爬了上來。

為何良彥沒接電話？

為何是須勢理毘賣代他回撥？

祂的聲音異於平時的理由——

『妳現在可以來月讀命的神社一趟嗎？』

須勢理毘賣始終保持冷靜地問道。

「有件事得讓妳知道。」

穗乃香愣在原地，一旁的聰哲一臉擔心地望著她。

「為什麼會發生這種事？」

穗乃香帶有怒意的聲音在月讀命的神社中迴響。

「為什麼良彥先生會受傷？」

一旁的木板地鋪上了榻榻米，滿身瘡痍的良彥就躺在上頭。他的傷口敷上了青草與樹葉，以相貌神似的兩尊女神為中心的眾神正在替他療傷。

「抱歉，有我跟著，還發生這種事……」

癱坐在良彥身邊的大國主神喃喃說道。祂自己的衣服也是多處汙損破裂，臉頰與手臂上都有擦傷。不過，祂的傷勢與良彥明顯不同，應該是因為祂是遠比人類強壯的神明吧！

「沒想到會變成那樣，不，我一開始就該料到的……」

良彥與大國主神居然貿然去找荒脛巾神，而穗乃香直到此刻才得知這件事。這也是讓她焦躁的原因之一。為什麼沒跟她說一聲？

「良彥先生是人類耶！他雖然是差使，只是個沒有天眼的普通人！祢怎麼會讓他去？」

須勢理毘賣輕輕地抱住激動不已的穗乃香的肩膀。祂的表情宛若也在承受同樣的痛苦，見狀，穗乃香不禁咬住嘴唇。祂一定也和丈夫一樣自責吧！

「我也有同感。為什麼沒阻止他？虧祢還是出雲之王！」

大國主神身旁有尊女神對祂怒目相視，彷彿隨時就要一把揪住祂似的。那是穗乃香從未見過的女神。

「日名照，沒有阻止他的我也一樣有錯。」

「對！須勢理毘賣娘娘也難辭其咎！如果阻止他，就不會發生這種事了！凡人怎麼敵得過神明？」

即使面對須勢理毘賣，祂依然毫不畏懼地回嘴，並氣憤難平地指著某尊替良彥療傷的神明，繼續說道：

「如果不是祂悄悄尾隨在後，祢知道會有什麼下場嗎？還不感謝祂！」

「好了、好了，別那麼激動。他沒有生命危險。」

在良彥枕邊觀察情況的某尊身穿水干的少年神說道。最後一句話是對著穗乃香說的。

「雖然受了許多傷，只要待在這裡，很快就能治好了。再說，還有蚶貝比賣和蛤貝比賣在。這一點可就要感謝找祂們來的大國主神了。」

「是啊！讓他躺在這個充滿神靈之氣的地方，不消兩、三天，應該就能動了。如果是大天宮，或許會更快痊癒，不過帶他去那裡，只怕會把事情鬧得更大。」

少年神的對側是尊帶著大青蛙與貓頭鷹的男神，祂也點頭表示贊同。

「嗯、嗯，這樣就夠了。接著只要等時間治好他即可。」

不知從哪裡傳來了這道聲音，只見良彥的頭部後方有尊掌心大小的小神探出頭來。

「辛苦了，蚶貝比賣、蛤貝比賣，還有羽山戶神的孩子們。」

替良彥敷葉片的眾神們迅速地收起法寶，離開現場。穗乃香覺得其中一神有點眼熟，忍不住以視線追逐祂。祂不就是前幾天大力反對良彥與自己待在大天宮的男神嗎？

「這件織布給凡人用原本是暴殄天物，這次特別破例出借。」

穗乃香移回視線，只見天棚機姬神將織有唐草紋的橘黃色單衣蓋在良彥身上。

「我打了水過來，大國主神也快點把臉擦一擦吧！」

一頭白色長髮的男神抱著裝了水的木桶走來。祂的身後有尊穿著深藏青色打掛的女神，同樣抱著水桶。穗乃香不知道名字的神明很多，祂們全都一臉擔心地望著良彥。

「穗乃香，抱歉……」

大國主神起身，再次向穗乃香低頭道歉。見狀，穗乃香突然冷靜下來了，拚命忍住幾欲奪眶而出的淚水。

「不，我……才該道歉……」

沒錯，再怎麼大聲嚷嚷，都無法改變良彥受傷的事實。再說，八成是良彥不聽大國主神制止，一意孤行。他那種不顧一切的率性行動，穗乃香也見識過許多次。如今可以確定荒脛巾神對人類不會手下留情，祂一定會毫不猶豫地進行「大改建」。

「唉，不行，那邊也完全氣昏頭了。」

不知從哪邊回來的邇邇藝命一臉不耐地抓著脖子。

「建御雷之男神祂們一副隨時就要出兵的樣子。倭建命說會設法勸阻祂們，我看是很難了。」

「不妙。」

大國主神皺起眉頭。這次的事祂只通知了部分神明，特別是良彥辦過差事的神明；因為大國主神認為祂們一定會站在良彥與黃金這一邊。因此，大國主神也私下告知了建御雷之男神與經津主神，而這似乎是錯誤的決定。出於一神之私而傷害凡人的行徑，觸動了祂們的逆鱗。換句話說，荒脛巾神違反了規矩。

「虧我還特地避開大天宮，借用月讀命的神社，這下子傳入日本各地的眾神耳中只是時間的問題了……」

「哎，我們偷偷摸摸地在做這些事，應該已經被發現了。尤其是祢的岳父。」

聽到邇邇藝命這麼說，大國主神宛如傷口突然發疼似地摀住胸口。

「大國主神，黃金兄還有救嗎？」

白髮男神問道，大國主神盤起手臂沉吟。

「這個嘛……良彥呼喚祂的時候有反應，或許還有希望……」

至今仍未聽聞國之常立神降臨大天宮的消息。既然祂不出面，只能自行設法處理，否則事態不會有任何改變。

「只要能把黃金老爺和荒脛巾神分開，應該就能阻止『大改建』，可是該怎麼做才好呢？」

「哎呀，祢們還在糾結這種事啊？」

突然有道聲音插嘴，在場全員都將視線轉向聲音的主人。

「啊……是逃亡眷屬先生。」

只見一隻白狐輕鬆愜意地在神社角落啃著別處叼來的仙貝，不知是從哪裡跑進來的。

「沒什麼好為難的，在這個時代再來一次東征就行了。有句話不是這麼說的嗎？歷史是會重演的。喏，快去挖角坂上田村麻呂吧！」

哇哈哈哈！白狐一副事不關己的態度，大國主神用狐疑的眼神望著祂。

「祢是哪裡的狐狸？要我叫宇迦之御魂神來嗎？」

「哎呀呀，大國主兄，別這麼煞風景嘛！」

身為逃亡眷屬，居然敢跑來這附近閒晃，固然令人疑惑，但是穗乃香有更加關心的事。她尋找一同前來此地的聰哲身影。

「呃，聰哲先生，剛才說的田村麻呂……」

白狐所指的應該是坂上田村麻呂。這個名字學校教過，剛才聰哲似乎也提過。

「對，是指征夷大將軍，坂上田村麻呂。」

聰哲帶著悲痛的表情點了點頭。

「那個人可以救回黃金老爺嗎？」

「這、這個嘛……田村麻呂老爺確實曾率軍東征，但是祂當年征討的對象始終是人類——」

「不過，至少有希望吧？」

穗乃香一反常態地打斷聽哲，焦急地詢問。聽哲略微遲疑地說道：

「——或許祂能和荒脛巾神談談。畢竟祂們現在同為神明。」

「那……」

「可是，同時也有決裂的可能性。若是演變成這種局面，就無可挽回了。再說，不知道田村麻呂老爺肯不肯出面……」

聽哲語帶保留。

「穗乃香。」

大國主神用安撫的口吻呼喚窮追猛打的穗乃香。

「其實良彥已經去求過祂了，可是祂拒絕了。」

「……為什麼？」

「理由我不清楚，不過並不是所有神明都不希望『大改建』發生。」

怎麼會？穗乃香不禁哀嘆。難道自己只能在一旁乾焦急嗎？良彥可是冒著生命危險去找荒脛巾神啊！他如此重視的搭檔至今仍然被囚禁著。

當他醒來時，會怎麼想？

死了這條心，仰天長嘆嗎？還是——

還是……

「我……我要再去一次。」

穗乃香抬起頭來，與困惑的大國主神四目相交。

「我要再去找坂上田村麻呂老爺一次。」

她認為這是擁有天眼的自己該做的事。

也是她能為良彥所做的事。

⛩

田村麻呂打算去看馬。

蝦夷養的馬都很健壯，即使天候不佳也毫不畏懼地繼續奔馳，在都城中素有好評，聽說有些國司也會偷偷購買。東北地方有許多廣大的原野，正適合養馬。聽聞附近就有一座養馬場，他一時興起，便整裝外出了。

「傷腦筋。」

田村麻呂在馬背上喃喃說道。一同離開多賀城的侍從失去蹤影，不知已經過了多久？飄盪於森林之中的薄霧似乎變得比剛才更濃了。

「是足，你在哪裡！」

田村麻呂再次呼喚，但是沒有回音。剛起霧時，他便開始小心留意，然而或許是常走這條路帶來的安心感讓他心生大意吧！沒想到竟會與侍從走散。

隨著父親赴任多賀城，已經近一個月；季節即將入冬，樹葉漸漸變了顏色。田村麻呂撫摸坐立不安的馬兒脖子，尋思該如何是好。在人生地不熟的土地落單，今年剛滿十三歲的他和大多數人一樣感到不安。他迷失了方向，就算想回多賀城也辦不到。

「該繼續前進嗎？還是待在原地比較好？」

田村麻呂拿不定主意，咬著嘴唇。

「記得前頭有片沼澤，沿著沼澤走，或許可以回到多賀城。」

田村麻呂拚命地壓抑不安，策馬前行。從枝葉縫隙間射下的光線反射在霧氣的微細粒子之上，周圍宛若罩上了一層紗。往前數過去的第五棵樹在白色的景色中呈現微微透明的狀態。田村麻呂一面留意地面，一面緩緩前進。

不久後，他來到一片空曠的土地，停下了馬。那兒沒有樹木，只有一整片的淡青色花朵。

花朵有五片圓形花瓣，越往中心，顏色越濃，中央則是鮮黃色的花蕊。像嬰兒拳頭一般大的花朵密集綻放的景色十分壯觀，花田彷彿無限延伸至白色景色的另一頭。

「沒想到有這樣的地方……」

田村麻呂忍不住下馬確認花田是不是幻影。他摸了摸花朵，冰涼豐潤的觸感傳來。

「你在那裡做什麼？」

突然有道聲音響起，田村麻呂心下一驚，抬起頭來。不知何時，一個年輕人騎馬來到了他的身邊。看見年輕人身上的服裝，田村麻呂的臉龐微微緊繃起來。是蝦夷人。其實對於田村麻呂而言，蝦夷人並非需要全心警戒的對象；父親的朋友道嶋嶋足也是蝦夷人，田村麻呂向他學習箭術，時常聽他提起蝦夷的獨特文化，因此對於蝦夷頗感興趣。只不過，住在附近的蝦夷人雖已王化，還是有心懷叛意之人，最好別讓對方知道自己是陸奧鎮守將軍的兒子。

「你是將軍的兒子？」

然而，田村麻呂的算盤是白打了。約莫二十來歲的年輕人披著田村麻呂從未見過的動物毛皮，背著裝了箭的竹筒，腰間懸著一把刀；他手上的弓很大，箭術想必頗為高明。與他格格不入的白色貝殼項鍊吸引了田村麻呂的目光。仔細一看，他的背後還有兩、三個同伴；搞不好其實更多，只是被霧氣遮住了而已。

「你的隨從到哪兒去了?迷路了嗎?」

見田村麻呂沒有回答，他又繼續追問。口氣雖然粗魯，但似乎是在擔心田村麻呂。

「因為起霧而走散了。」

猶豫過後，田村麻呂如此回答。只見蝦夷年輕人露出了恍然大悟的表情，表示要送他到森林出口。然而，田村麻呂不知道可否信任他，不敢上馬。是不是該逃走比較好?這樣的戒心讓他渾身僵硬。蝦夷年輕人察覺了，面露苦笑，濃眉悍面露出的笑容有股意外的親和力。

「別怕，我不會攻擊小孩。」

「我、我才不是小孩!」

聽了年輕人的話語，田村麻呂忍不住忿忿不平地反駁。哦?年輕人睜大了眼睛，思索片刻之後，下馬走到田村麻呂身邊。他的粗壯手臂和高大體格令田村麻呂啞然失聲。只怕連都城的近衛兵都沒有他如此強壯。

「那就這麼辦吧!」

田村麻呂不知道對方打算做什麼，一陣緊張;只見年輕人一臉愛憐地摘下了腳邊的花朵。

「這是荒脛巾神之花，也是我們祖先的靈魂。我的故鄉也開了很多這種花，傳說對它立下的誓言一定會實現。對這種花立誓，就等於對神明立誓。」

年輕人如此說明，將摘下的花朵拿到自己面前，閉上了眼睛。

「我一定會送你到森林出口。」

年輕人彷彿在對著花朵訴說一般，並將它遞給田村麻呂。

「這樣你肯相信了嗎？」

田村麻呂從未聽過這種傳說。但用僵硬動作接過的花朵似乎帶有一股神聖的氛圍。

雖然身在霧中，替田村麻呂帶路的年輕人卻像是行走於自家庭院一樣自信滿滿地策馬前進，強而有力的步伐讓人感受到沒有道路就自行開拓的意志。田村麻呂望著他那結實的背部，暗忖他是不是哪個知名的族長；但要說他是族長，似乎又太過年輕了。這樣的人如果肯協助父親，或許父親就不必那麼辛苦了。

「從前我還叫阿弖良的時候，曾經在山裡迷路；當時我的朋友也和我在一塊，可是天色已經完全暗了，不知該如何是好，幸好最後父親來接我們，才能平安無事。」

路上，年輕人對田村麻呂提起了這段往事。

「蝦夷人也會迷路？」

田村麻呂天真地問道，年輕人面露苦笑。

「當時我還是個小孩。再說，那大概是我小看山神的懲罰吧！」

他說的山神就是剛才提到的荒脛巾神嗎？聽說那是蝦夷人信仰的神明。

「你並不害怕蝦夷人。」

年輕人突然如此說道，並將視線轉向田村麻呂。

「身為西方人，剛才那番戒心是理所當然的。不過，那並非不理性的恐懼。」

「那當然。」

田村麻呂脫口而出，又連忙閉上嘴巴。不過，他還是忍不住說了下去。

「我跟嶋足學過射箭。蝦夷人很會射箭，也很會騎馬，尤其擅長走山路，有許多值得學習的地方。來到多賀城以後，也有很多對我很好的蝦夷人。父親大人確實是以陸奧鎮守將軍的身分赴任，可是他與蝦夷無冤無仇。我認為我們該學習彼此的長處。只有傻子才會打沒有意義的仗。」

聽了最後那句語氣強烈的話語，年輕人驚訝地瞪大眼睛。這番話並不是謊言，而是田村麻呂的肺腑之言。他常在想，能不能別用武力壓制，而是互相融合？當然，他也知道有懷柔這種方法，但他追求的是更加了解彼此的做法。

「聽說蝦夷出好馬，今天我原本打算去看的……」

田村麻呂想起自己的不中用，聲音變得越來越小。年輕人察覺，微微地笑了。

「你叫什麼名字？」

面對這個問題，田村麻呂有些猶豫，最後還是說了。反正對方已經知道他是將軍之子，隱瞞名字也沒有意義了。

「田村麻呂。」

「是嗎？田村麻呂啊！」

年輕人似乎很高興，繼續策馬前行。

不久後，森林的出口映入了眼簾；年輕人停下了馬，要田村麻呂自行離開。

「請問……」

田村麻呂道過謝，策馬走了幾步以後，忍不住掉轉馬頭。

「可以告訴我你現在的名字嗎？」

他問道，年輕人露出了苦笑。

「阿弖流為。」

「欸，呰麻呂，你認識一個叫做阿弖流為的男人嗎？」

和阿弖流為相識的隔天，田村麻呂突然提出了這個問題。身為附近村落村長的伊治呰麻呂已經歸順朝廷，奉命統治這一帶。他很欣賞不畏懼蝦夷人的田村麻呂，向來格外關照。

「這可嚇著我了。這個名字是從哪裡聽來的？」

在田村麻呂的請求之下，呰麻呂正在教他使用魚皮做衣服的方法，聽了這個問題，不禁抬起頭來，瞪大了眼睛。

「昨天在森林裡遇見他，他還給了我一朵荒脛巾神之花。」

「原來如此，所以您才有那朵花啊！」

「這種花在蝦夷人之間很有名嗎？」

「對，那是我們祖先的靈魂，也是荒脛巾神的化身。」

蝦夷人說話的腔調與大和長大的田村麻呂有些不同，起先田村麻呂聽不太懂，現在漸漸地習慣了。

「阿弖流為也和你們一樣，是歸順的蝦夷人嗎？」

田村麻呂抱著一絲不安問道。他擔心阿弖流為或許會與父親為敵。

呰麻呂面有難色，似乎在搜索言詞。

「不，很遺憾，阿弖流為……膽澤一帶的人至今仍與朝廷水火不容。不過，阿弖流為是位勇猛的戰士，同時也是個聰明的年輕人，終有一天，他一定能用那雙眼看清未來的道路，接納朝廷吧！」

他果然是個勇猛的戰士啊！田村麻呂露出了苦澀的表情。想起阿弖流為的結實手臂，就各種意義而言，田村麻呂都不想與他為敵。

「田村麻呂少爺。」

呰麻呂露出平時少見的嚴肅表情，說道：

「請您和阿弖流為和睦相處。他和您這樣的年輕人肩負了蝦夷與大和的未來。」

打從田村麻呂剛到這裡來的時候，便一直很關心率領蝦夷人與蝦夷人打仗的呰麻呂。他說希望將來有一天能像嶋足一樣揚名都城，但內心想必是五味雜陳。一定也有人罵他是叛徒吧！

「如果可以和睦相處，我當然也想這麼做。我不想打無意義的仗，再說——」

田村麻呂看著呰麻呂靈巧地縫合魚皮，打住了話頭。

田村麻呂有許多事想問他。

他一定知道很多自己不知道的事吧！

還有尚未歸順的蝦夷人的心聲。

「……但願還能見到他。」

這句喃喃自語在幾天之後實現了。

這一天，田村麻呂再次造訪附近的養馬場，在那兒看到了某個正在試騎的男人，不禁叫了一聲。男人察覺他，騎著馬走向前來，露出了親暱的笑容。

「又見面了，田村麻呂。」

聽了阿弖流為的這句話，田村麻呂感覺到自己一度壓抑的好奇心又快要爆發了。

「聽說你們的根據地在膽澤，那是在更北邊的地方吧？你怎麼會跑到這裡來？」

「哈哈哈，你還真清楚啊！現在的根據地確實是膽澤。從前是在更東邊一點的地方，現在活動範圍變得大了些。這次我是來看馬的。我們自己雖然也在幾年前開始養馬，但是希望能夠透過交配培育出更好的馬。」

「你是要讓這裡的馬和你們村子裡的馬配種嗎？」

「沒錯。因為血太濃，容易生出虛弱的小孩。」

田村麻呂在好奇心驅使之下接連發問，而阿弖流為也耐心地替他一一解答。這座養馬場是屬於歸順陣營的，阿弖流為原本不該來這裡，不過俗話說得好，外行看熱鬧，內行看門道，只有表面上順從朝廷的蝦夷人似乎不在少數。事實上，聽說蝦夷擁有與渤海交易的獨自管道。站在朝廷的立場，蝦夷人擁有都城買不到的貨品，應該是件令人不快的事吧！就連已經歸順的蝦夷人都在向繼續貿易的蝦夷人走私貨品。

「聽好了，田村麻呂。要挑好馬，得看後腳。要選屁股到後腳之間圓潤豐腴的馬。」

「後腳……」

「還有，也要看毛皮的光澤、背部的曲線和前腳肌腱的大小。眼珠烏黑、炯炯生光的馬比較乖巧。」

阿弖流為在田村麻呂的請求之下教了他許多事物，即使明知他有一天或許會與自己為敵。他還告訴田村麻呂，從未見過的毛皮是從一種叫做豹的動物身上取下來的，來自渤海；為了買馬，他將自己透過交易買來的玻璃器皿割愛給垂涎已久的馬主。

這一天，太陽一轉眼就下山了，田村麻呂在阿弖流為返回膽澤之前，約好了和他下次再見。這樣的約定重複了四次，見面的時候，阿弖流為教了他可以食用的樹果種類、植物的名稱、鞣製樹皮製作衣服及染布的方法。

「我沒有兄弟。村落裡的其他小孩就和真正的兄弟一樣，所以我過得並不寂寞，不過有時候回到家裡，還是會希望自己有個弟弟。情同哥哥的呂古麻被另一個村落收養以後，我一直感到很寂寞。」

阿弖流為一面看著田村麻呂以生疏的動作採集充當染料的植物，一面說道。

「我有兩個哥哥，四個弟弟，兩個妹妹，是九兄妹。」

「九兄妹！真熱鬧啊！」

「其中也有同父異母的兄弟，大家感情還不錯。不過，我很少像這樣向哥哥討教各種知識。」

待在都城，無從得知地方的文化、生活的智慧與服裝飾品。哥哥們向來認定蝦夷的事物只是鄉下人的野蠻玩意而已。

「如果阿弖流為是我的哥哥，應該好玩多了。」

「是嗎？如果我是你哥哥，我也會生在都城。」

「對喔！這樣太無聊了。阿弖流為必須是蝦夷人才行。」

「這話也太自私自利了吧！」

笑聲響徹陽光普照的午後林間。

兩人第五次見面的時候，已經像年歲相差許多的兄弟一樣嬉戲笑鬧了。

「田村麻呂，今天我想帶你去一個地方。」

到了隔天即將返回膽澤的那一天，阿弖流為如此說道，帶著田村麻呂來到了一座小山丘。那兒有成片的草原，一到夏天，就會用來放牧養馬場的馬；然而阿弖流為帶著田村麻呂前來的時候，卻是長滿了淡青色花朵。

「是荒脛巾神之花啊！」

「是啊！這個季節差不多該謝了，不過陽光充足的地方還開著。」

說著，阿弖流為指著草原一角的塚。只見有兩塊巨大的板狀岩石互相依偎，前頭還擺放著貌似供品的獻饌。

「那是荒脛巾神的塚，幾乎每個村落都有，我小時候住的地方有塊比這個更大的岩石依代。其實我真正想帶你去的是那裡，只可惜太遠了。」

「帶我去那兒做什麼？要俘虜我，這裡就行了吧？」

田村麻呂打趣道，阿弖流為抖動肩膀笑了起來。

「很遺憾，我沒打算俘虜你。我是要介紹你給娘親認識。」

「令堂？」

田村麻呂重新打量塚石。荒脛巾神的塚和阿弖流為的母親有何關係？

「過去我也跟大和人說過話，知道大和人並非全是壞人。可是，我看不慣大和侵略我們，不容許大和奪取蝦夷故里的美麗景色。為了保護這塊土地，我必須挺身而戰。不久的將來，這應該就會成為現實吧！不過——」

季節即將入冬，吹來的風相當冰冷。田村麻呂將衣襟閉攏，仰望身旁的阿弖流為。

阿弖流為的大手包覆了個子只到自己胸口的田村麻呂的頭。

「如果可以，我不希望和你打仗。」

阿弖流為露出了泫然欲泣的表情，見狀，田村麻呂感覺到自己的心中萌生了一種難以言喻的感情。

「我、我也不想！和你這種虎背熊腰的人打仗，有幾條命都不夠用！再說，我說過只有傻子才會打沒有意義的仗吧？別連你都加入傻子的行列！」

田村麻呂為了掩飾內心的感情，如此說道。他拚命地忍住淚意，故作平靜，以免被阿弖流為察覺。

沒錯，這個人並非自己人。

總有一天會變成敵人。

直到此刻，田村麻呂才痛切地感受到這件事，不禁一陣心酸。

「再說，或許有一天……或許有一天，可以不必打仗。」

這是田村麻呂的希望，只是種心願而已。現在的他無計可施，也不知道該怎麼做才能阻止戰爭。

然而，就算如此，難道他不能期待嗎？

期待與這個朋友攜手共度的未來。

「──娘親。」

阿弖流為對著荒脛巾神的塚石呼喚。

「這是我的大和朋友，田村麻呂。或許有一天……他能夠拯救我們，請祢記住他。」

「阿弖流為！別胡說八道！」

「不行嗎？」

「別的先不說，荒脛巾神怎麼會是你的娘親？是全體蝦夷人之母的意思嗎？」

「這也是其中一種意思──」

阿弖流為盤起手臂，尋思該如何說明。

「聽說我的娘親是荒脛巾神。」

「什麼意思？是荒脛巾神生下你的嗎？」

「我真正的娘親在我小時候過世了，之後養育我的是荒脛巾神。父親是這麼跟我說的。」

「就算令尊是這麼跟你說的——」

田村麻呂正要反駁的瞬間，一陣驚人的暖風從正面吹來，縈繞於兩人周圍，搖動淡青色的花朵。田村麻呂覺得暖洋洋的，彷彿只有這個地方籠罩在春天的陽光之下。

「在塚前說起娘親的時候，總是會吹起這樣的風。我成年的那一天，娘親消失了，從此以後再也沒有回來過。父親對我說，如果思念娘親就到塚前，娘親一定聽得見我的聲音。」

田村麻呂忘了想說什麼，仰望著阿弖流為。或許是因為他的表情實在太過錯愕，阿弖流為露出了苦笑。

「不相信也無妨。不過，我希望你記住，荒脛巾神是蝦夷的母親，也是我的娘親。」

田村麻呂沒有回答，只是將視線轉向塚石。蝦夷人信仰、祈禱的荒脛巾神是什麼樣的神明，他不太明白。都城寺院林立，佛教廣為流行，人民都以佛像為寄託；像荒脛巾神這種沒有偶像的自然信仰，住在宮裡的人大概會笑它過時吧！

「——我不知道你的娘親是否真是荒脛巾神，不過我知道祂對你而言很重要。」

在筆直凝視的前方搖曳的荒脛巾神之花。
同時也是蝦夷祖先靈魂的美麗聖花。
促成自己與阿弖流為結識的花朵。
「再說，我不希望這麼美的花朵被人踐踏。」
阿弖流為吐了口氣，溫暖的手掌再次覆蓋了田村麻呂的頭。
「這就足夠了。」
他的聲音溫柔無比。

⛩

每當觸及意識底層的遺忘記憶，黃金便有種身體被緊緊綁住的感覺。重如鉛塊的物事填滿了胸口的大洞，給了祂一種再也無法浮起的無力感。壓抑自己的無形之手是三由的？還是他的家人的？對三由一家見死不救之後，金龍依然恪守本分，因祂而死的凡人不計其數。神明引發的天崩地裂和疫疾使得凡人輕易喪命。

沒錯，自己殺掉的凡人不只他們。

黃金覺得身體似乎變得更加沉重了。或許那是過去只被祂當成一片凋零的樹葉而未加深思的生命重量。一旦體認到有多少生命，就有多少人生的道理，祂便再也無法執行任務了。

祂動彈不得。

無法離開這裡。

就這麼融入東方兄弟體內，也是無可奈何之事。

每次想起過去，黃金的思緒就變得更加遲鈍，甚至萌生了這樣的念頭。

時代流轉，到了明治以後，祂把守護的職責也交給了天照太御神，在四石社悠閒的隱居；縱使現在雙龍化為一體，也不成任何問題。倘若「大改建」真的發生，也是主人的旨意吧！仔細想想，下凡至今已經過了許久。或許真如東方的兄弟所言，該是功成身退的時候了。

——黃金。

祂是什麼時候開始化為擁有與金色陽光相互輝映的美麗毛皮的狐狸的？

黃金。

不知幾時間，祂多了這個名字，而祂也覺得不壞。仔細回想起來，除了金龍與兄弟這類稱呼以外，這是祂初次擁有識別個體的名字。

黃金老爺。

黃金兄。

眾神如此稱呼祂，有時也會以被視為同一神的方位神名號來稱呼。不知道與知道祂曾為金龍的神明都接納了以全新外貌在京都紮根的祂。其中——

黃金！

似乎也有人如此大膽直呼身為國之常立神眷屬的自己之名。

彷彿有道熟悉的聲音在呼喚自己，黃金輕輕地睜開了眼睛。黑暗之中，隱約有光線從上方射入。那並不是強光，而是從縫隙間外洩的微弱光芒。意識依然模糊不清，不過被那道聲音呼喚的感覺並不壞。然而，祂疲憊不堪，連要抬起頭來都萬分艱辛。

已經無可奈何，沒辦法，沒辦法了。

祂像是找藉口似地反覆說道，突然想起那是三由的口頭禪。

黃金再次緩緩地閉上眼睛。

映在眼皮底下的微光不知何故，令祂倍感懷念。

待續

要點
神明講座 3

蚶貝比賣與蛤貝比賣是什麼樣的神明？

在古事記中，大國主神的眾兄弟八十神對大國主神心懷嫉妒，從山上推落偽裝成山豬的滾燙岩石，將祂砸死。當時，神產巢日神派來的就是這兩尊女神，據說祂們是赤貝與蛤蜊擬人化而成的神明。大國主神接受祂們的治療之後立刻起死回生，恢復了元氣。

泡了赤貝殼粉的蛤蜊湯
是自古以來
常用的燙傷治療藥。

要點

神明講座 4

告訴我金龍的相關知識！

金龍的原型「金神」為陰陽道的方位神之一，是尊令人避之唯恐不及的神明。金神所在的方位被視為諸事不宜，尤以動土為大忌；若不遵守，便會有七個家人或鄰居被殺，可說是相當嚴苛。現在中國地方似乎仍有住家將金神當成家神奉祀。

由此可知神明
並不全都是慈悲為懷，
這一點不可遺忘。

參考文獻

《蝦夷的古代史》　工藤雅樹（吉川弘文館）
《蝦夷與東北戰爭》　鈴木拓也（吉川弘文館）
《古代的村落》　鬼頭清明（岩波書店）
《坂上田村麻呂》　龜田隆之（人物往來社）
《坂上田村麻呂》　高橋崇（吉川弘文館）
《鹽竈神社》　押木耿介（學生社）
《續日本紀（中）》　宇治谷孟（講談社學術文庫）
《田村麻呂與阿弖流為　古代國家與東北》　新野直吉（吉川弘文館）
《續日本紀（下）》　宇治谷孟（講談社學術文庫）
《圖說平城京事典》　國立文化財機構　奈良文化財研究所編（柊風舍）

國家圖書館出版品預行編目資料

諸神的差使 / 淺葉なつ作；王靜怡譯. -- 一版.
-- 臺北市：臺灣角川股份有限公司, 2022.07-
冊；　公分

譯自：神様の御用人
ISBN 978-626-321-379-1(第 9 冊：平裝)

861.57　　　　111002127

輕文學
Light Literature

諸神的差使 9
原著名＊神様の御用人 9

作　　者＊淺葉なつ
插　　畫＊くろのくろ
譯　　者＊王靜怡

2022 年 7 月 21 日　初版第 1 刷發行

發 行 人＊岩崎剛人
總　　監＊呂慧君
總 編 輯＊蔡佩芬
主　　編＊李維莉
設計主編＊許景舜
印　　務＊李明修（主任）、張加恩（主任）、張凱棋

台灣角川

發 行 所＊台灣角川股份有限公司
地　　址＊104 台北市中山區松江路 223 號 3 樓
電　　話＊（02）2510-3000
傳　　真＊（02）2515-0033
網　　址＊http://www.kadokawa.com.tw
劃撥帳戶＊台灣角川股份有限公司
劃撥帳號＊ 19487412
法律顧問＊有澤法律事務所
製　　版＊尚騰印刷事業有限公司
I S B N＊978-626-321-379-1